Émile Blanchard, ein ehemaliger Kommissar, überquert jeden Morgen mit geschlossenen Augen die Nationalstrasse. Ein Ritual, um eines Tages überfahren zu werden und endlich seinem Leben zu entkommen. Seit dem Tod seiner Frau ist er einsam und verbittert, den Sohn sieht er nur noch gelegentlich. Zudem hadert er mit seinem Unvermögen, denn sein letzter schwieriger Fall blieb ungelöst: drei vergiftete Opfer, denen die Zunge abgebissen wurde – ein schrecklicher Serienmord an zwei Biologen und einem Mathematiker. Zwei von ihnen arbeiteten im selben Forschungslabor, zusammen mit einer jungen Biologin, die beste Beziehungen in einflussreiche Kreise unterhielt …
Nur die Wahrheit ist ein facettenreicher Roman noir, der mit den Grenzen des Genres spielt. Yves Gaudin tanzt aus der Reihe und spitzt zu, er würzt mit einer gehörigen Portion Sarkasmus und einer rhythmischen, atemlosen Sprache. Eine bösartig-schräge Reflexion über den Zustand des Menschen.

Yves Gaudin, geboren 1967 im Wallis. Lebte in Südafrika, Burkina Faso, Australien und Frankreich, heute in Sion. Er ist Autor, Doktor der klinischen Psychopathologie, Musiker und Musiktherapeut. Yves Gaudin veröffentlichte Prosa, Lyrik und einen Theatertext. Nach *Trop tard pour mourir* ist *En vérité* sein zweiter Roman.

Yves Gaudin

Nur die Wahrheit

Roman

Aus dem Französischen
von Anne Thomas

Lenos Verlag

Die Übersetzerin
Anne Thomas wurde 1988 in Karl-Marx-Stadt/Chemnitz geboren und wuchs in Flensburg auf, nachdem sie 1989 mit ihrer Familie aus der DDR geflohen war. Seit 2013 ist sie als freiberufliche literarische Übersetzerin tätig (u. a. Colin Niel, Éric Plamondon, Gabriel Katz, Anna Boulanger, Marie Desplechin). Sie lebt hauptsächlich in Paris. Regelmässige Arbeitsaufenthalte in Berlin und London. Anne Thomas organisiert und leitet Übersetzungsworkshops in Schulen in Deutschland und Frankreich und ist als Dolmetscherin bei literarischen und kulturellen Veranstaltungen tätig.

Die Übersetzerin und der Verlag danken der Schweizer Kulturstiftung Pro Helvetia für die Unterstützung.

prohelvetia

Titel der französischen Originalausgabe:
En vérité

Erste Auflage 2022

Satz und Gestaltung: Lenos Verlag, Basel
Umschlagbild: Shutterstock
Printed in Germany
ISBN 978 3 03925 018 9

www.lenos.ch

Für Carine

»Doch jeder tötet, was er liebt.
Ich sag es, dass jeder es hört!
Der tut es mit dem bösen Blick,
Der mit Schmeicheln, das betört.
Der Feigling tötet mit einem Kuss,
Der Kühne greift zum Schwert.«

Oscar Wilde,
Die Ballade vom Zuchthaus zu Reading
(deutsch von Elfriede Mund)

Prolog

Jeden Morgen gehe ich blind über die Strasse. Das ist ein Ritual. Ich kann nicht anders. Andere schauen zu tief ins Glas, lassen sich volllaufen oder betrügen ihre Frau, bei mir ist es eben die Strasse, sie ist meine Jury, mein Schicksal und bald meine letzte Verbeugung. Trübe Aussichten, ich weiss. So geht das schon drei Jahre, das macht viele Morgen. Längs stehen Trauerweiden. Man kommt mit Karacho angebraust. Viele Leute drin. Einmal hielt jemand an, nicht wütend, überhaupt nicht, nur ob man mir helfen könne, nette Leute, und dann ging es weiter. Heute ist Ebbe, niemand, kein Schwein. Weiss der Geier. Gut, sehr stark befahren ist diese Nationalstrasse zwar auch nicht, aber dennoch, ein Unfall ist schnell passiert, und dann die Motorräder, ab und zu kommen welche, das kann einen Menschen töten, ziemlich schnell sogar, man weiss es nicht, das weiss man nie. Manchmal ein Knacken im Wind. Ich denke, es ist für mich bestimmt. Aber nein. Nur ein toter Ast.

Jetzt regnet es. Rinnt mir munter den Rücken hinunter, Gänsehaut, bis der Morgen graut, die Zähne klappern, womöglich brüt ich eine Bronchitis aus, anfällig, wie ich bin. *Tschiep, tschiep,* ein Vogel piept. Ich erwidere *leck mich, das geht dich nichts an, renn doch zu deiner Mutter, wenn's dir nicht passt, die sucht dich vielleicht, die suchen immer, die Mütter.* Über die Strasse gehe ich auch morgen wieder, das steht fest. Ich habe nie verstanden, warum manche das Schicksal beschwören, indem sie die Finger kreuzen, sich an der Nase kratzen oder zweimal schnäuzen, auf Holz klopfen, über die Schulter spucken, Hals- und Beinbruch wünschen oder nie linksherum rühren, eilig Sankt Anton anrufen oder auch die heilige Rita, ist man schon mal dabei, aller guten Dinge sind drei, bis hundert zählen, bis tausend, mit dem rechten Fuss zuerst aufstehen oder Schwarz vermeiden, immerzu an denselben Ort fahren, persönliche Pilgerreisen, ureigenes Compostela, als würde das irgendetwas ändern, als verschwänden so die Schattenseiten. Von wegen! Leichtgläubige! Verlorene! Heidengebete! Wiederholung ist stets nur ein Sarg, der viel zu früh vorspricht. Das sage ich Ihnen.

Dabei bin ich wie sie, ich gehe über die Strasse, weil ich muss, dann ist endlich ein für allemal Schluss. Ein Arzt sah darin ein Sinnbild. Die Strasse, das Leben, Sie wissen schon. Der hat nichts begriffen. Das Gehirn ist der Punkt. Die Erinnerungen. Zu viele Leute bevölkern meinen Geist. Wird schon. Eines Tages vielleicht. Ohne Mucken, ein Fuss im Loch, und das war's. Dort wird alles enden. Zermalmt. Auf der Zielgeraden. Und meine Gedärme werden ihnen in die Fresse spritzen. Eingeweide auf der Windschutzscheibe, das ist glitschig, eklig, geschieht ihnen recht, hab nie behauptet, das Leben sei lustig. Und dann werden sie kommen, und sie werden sagen, ich hatte ein schönes Leben, gute Manieren, unter Schleimern gedenkt sich's gut, und ich wäre hinter den Dingen, und damit Schluss. Vorher hatte ich meine Mutter, das war bequem. Sie hatte grosse Pläne für mich. Harrte meiner, wochenlang, sandte Exvotos zum Himmel. Doch sie ist nicht mehr.

Nachts mache ich das nie. Wegen der Scheinwerfer! Die Nacht ohne Tag, das wäre perfekt, da würde man nicht so einen Aufstand machen. Das ist wie mit den Leuten. Wenn es nur Arschlöcher, Arme oder Beelzebuben gäbe, wüssten wir nichts über die menschliche Natur. Ich hatte eine Freundin, der ich alles erzählte und die mich bat, damit aufzuhören, *mach keinen Scheiss!* Die habe ich nicht mehr. Freunde verstehen solche Sachen nicht, die halten sich für eine Verlängerung von einem selbst, aber sobald der Geschmack des Todes da ist, werden sie ganz welk.

Danach gehe ich nach Hause. Sitze am Schreibtisch und denke mit aufgestützten Ellenbogen über all das nach. Ich drücke mir den Hals zu, da werden Kreise und Sterne gewoben, es breitet sich aus, prickelt, schwillt an, wie Ringe im Wasser, ganz blau, namenlose Formen, es tut nicht weh, am Ende ist es sogar ganz angenehm. Ich halte mein Herz in der Hand und schwitze. Und dann läutet es Sturm, die Sirene springt an, klar zum Gefecht, Fiepen im Ohr und Konsorten. Der Schrei der Stille. Ich würde gern die Zeit zurückdrehen. Aber ich kann nicht. Ich werde nie meiner Schmerzen enthoben. Wozu auch?

Ich bin Oberkommissar bei der Polizei. Das heisst, ich war. Das macht noch keinen Mann. Was soll's. Bei der Aufnahmeprüfung wurde ich gefragt, wie viel drei mal drei ist. Ich antwortete *sechs, und drei macht neune.* Ich bekam einen Arschtritt. So war das damals. Ich bin trotzdem aufgestiegen. Beharrlichkeit bringt einen überallhin, daran gibt es nichts zu rütteln. Ich habe so einige Schurken gefasst, berühmte noch dazu. Die Despond-Bande, die vom Banküberfall in Évreux, die Benders und die anderen, das war ich. Der David mit seinem Handbohrer, das war kein Kindergeburtstag, die Kugeln flogen mir nur so um die Ohren. Ich wurde schnell versetzt. Quai des Orfèvres*, dort spielt die Musik. Käppi ist unnötig, wir wollen Action sehen. Etwas anderes kannten die gar nicht, der Polizeirat, der Polizeipräfekt, der Minister. Ergebnisse bekamen sie. Und nicht zu knapp. Ich habe ihnen nie einen Dolch ins Herz gestossen. In den Rücken vielleicht schon. Das war mein grosses Gewitter. An meinem letzten Tag wurde ich eingehend gemustert. Und dann, vergiss es, die haben rein gar nichts begriffen. Nicht mal eine Uhr habe ich bekommen. Normalerweise kriegt man eine geschenkt, und keinen Plunder, fast 'ne Schweizer.

* Das Gebäude mit der Adresse 36, Quai des Orfèvres auf der Île de la Cité war von 1913 bis 2017 Sitz der Direktion der Pariser Kriminalpolizei. Die Adresse wird daher synonym verwendet, auch in der Literatur. Heute ist dort nur noch die Spezialeinheit BRI untergebracht. *(Anm. d. Übers.)*

Aber bei mir, einfach vor die Tür gekehrt. Husch! Nicht dass der noch dableibt. Jubelschreie, Fanfaren und das Schleifchen sind ein andermal dran.

Jetzt bin ich alt. Gedächtnis wie ein Sieb, Arme wie Spaghetti, jämmerlich zitternd, die Beisserchen im Glas, die Hosen nass. Revolution, manche haben's versucht, tja, ohne mich. Bald bin ich dran. Ich mag keinen Beton. Als ich klein war, konnte man in der Seine baden, Obst vom Baum essen, das war schön. Heute ist es damit Essig, aus und vorbei, keine Chance. Im dritten wohnt eine Frau. Eine zänkische Alte. Ich spiele ihr Streiche. Im Waschkeller herrscht König Humbug, das vertreibt die Zeit. Ihre Schuhe stellt sie vor die Tür. Sie findet sie auf sämtlichen Etagen wieder, *aus dem Leim,* erzählt sie mir. Manchmal rufe ich sie mitten in der Nacht an, nur der Stimme wegen. Und lege auf. Wir sind alle irgendwann dran.

Ich erinnere mich an ein Taxi. Da hat alles angefangen. Man hatte mir gesagt, es sei einfach, keine Sorge, die sind in Ordnung, gut, vielleicht nicht die Armen, mit denen ist immer irgendwas, stets zum Klauen aufgelegt, aber die Reichen, keinerlei Sorgen, ordentlich zugeknöpft und ohne Vorstrafen, da kann dir nichts passieren. Ja, Pustekuchen! Da haben sie mich schön übern Löffel balbiert! *Kaltgestellt! Abgehalftert!* Es gibt keine Schuldigen. Nur Leichtgläubige. Da kann man nichts machen. Meine Lippen werden schon bald von der Erde kosten. Gelee in der Zigarrenkiste. Wie er leibt und stirbt. In meinem Mund keine Reue. Mein Gift ist mein Lebenselixier. Ich kann mich nicht beschweren. Immer noch besser als das Irrenhaus. Krank fickt gut, vor allem in den Arsch. Muss man wissen. Alles andere ist bloss Gelaber.

Wahrlich, wahrlich, ich sage euch, das ist die ganze Geschichte.

1

Paris wellt sich unter der Hitze. Alle ersticken, kriegen schlecht Luft. Die Neugeborenen schreien nicht mehr, die Alten setzen aus. Der Sommer kommt mit aller Kraft. Und ich warte vorm Cimetière de Belleville, 20, Rue du Télégraphe. Es gibt Schlimmeres ortsmässig, aber na ja, schon ganz schön traurig. All die Gräber, wie sie daliegen, kalt, gnadenlos, und darin Skelette, Kadaver, betreten oder bald schon, morgen, nächste Woche, verwest, vermodert, verdorben, Tattoos auf den Schenkeln, Stecker in den Ohren oder Ringe in der Nase, eine Manie, wie die Hunde, wie die Ochsen, was tut man nicht alles für ein bisschen Extravaganz, Zahnplomben und Metallplatten, Schrauben im Arm, Stifte im Knie und Schrittmacher im Herzen. Medizin ist Mechanik! Und all die Körper, vorher waren sie feist, all das Fett, all die Schmerbäuche, all die Sonntagsspeckpolster, all die Wabbelkinne, *na, die schmeckt Ihnen wohl, meine Sauce, Sie nehmen doch noch was,* all die Komplexe, die den Niedergeschlagenen des Glücks so viel Kummer machen, Schlacken und Hässlichkeit, die Füsse quellen auf, den Zähnen zieht's die Schuhe aus, Verräter und Soldaten, Verrückte und Verbrecher, Metzen und Zecher, Diebe und Spinner, finstere Gestalten und empörte Apostel, solche, die das Leben mit Weihrauch und Myrrhe verwalten, mit Lippenstift und Lidschatten Träume aufstecken, sich mit Farbe im Haar und Parfum am Hals eindecken, mit Öl und Glanz ihr Äusseres vernebeln, da sind sie nun, genauso wie sie sind, zu Asche zerfallen, zu nichts, ab in die Krypta, in die Versenkung, alle gleich, sterben Sie wohl, Madame. Sie waren Lehrer, Akademiemitglied, Pamphletist, Trapezkünstler, Krankenwärter oder Apotheker, einerlei, das zählt nicht mehr, müssen alle dran glauben, adieu, Kalb, Kuh, Küken, Schwein, und magst du auch die Queen von England sein. Tolle Sache, das Leben! Da hat sich der ganze Aufwand ja wirklich gelohnt! Viel Lärm um nichts. Jetzt nur noch Brei, Moder, Pilze für die Maden! Ein Kreuz und vorbei, reden wir nicht mehr davon, oder kaum noch, oder schlecht, man kann es nicht mehr sagen.

Er ist zu spät. Das kann ich nicht leiden. Die Manieren gehen vor die Hunde. Zumal das schon zum zweiten Mal passiert. An seiner Stelle stellt sich Müdigkeit ein. Gut, ich hab bis in die Nacht über dem Fabergé-Bericht gesessen, nur noch diesen Fall im Kopf, schmutzig, pervers. Wer arbeitet, kann nicht geniessen, nie. Und dann denke ich an meine erste Zeit bei der Polizei. Man hatte mich nach Lille versetzt. Keine Ahnung, warum. Der Norden war wie eine Strafe, viel zu kalt für mich. Das wussten die auch. In dem Winter hätte ich viel darum gegeben, dass man mir Arme, Füsse und Kopf amputiert wie der Lerche im Lied, *O du Lerche, rupfen will ich dich!* Wie im Halbschlaf, die Kaffeemaschine im

Stand-by. Man konnte mich zwicken, zwacken und piesacken, nichts zu machen, ich hielt Winterschlaf, ehe ich sterben würde. Der Chef hatte nichts als französische Chansons im Kopf. Ein Leierkasten. Ein Sängerknabe. Den ganzen Tag trällerte er Zweigroschenwahrheiten in seinen Dreitagebart. In Dauerschleife, zum Verrücktwerden. Die Kälte glitt über ihn hinweg. Die Lächerlichkeit auch. Obwohl er im Grunde kein schlechter Kerl war. Schade, dass ein leichtes Schielen ihn sowohl lächerlich als auch unheimlich wirken liess, sonst hätte er sicher Freunde gefunden. Womöglich eine Frau.

Dort, aus Schweiss und Verlangen, omnipotent und inkompetent, eine Schnecke an jeder Ecke und in zarter Spitze, traf ich Marianne. Man muss sie gesehen haben, ihre heidnischen Reize und tödlichen Sünden, die sonnengebräunten Schenkel und das provokante Wesen, Sommersprossen auf dem Rücken und Gelüste auf der Vorderseite. Ich glaube, dass man mich ein wenig beneidete. Genau das gefiel mir. Sie war Sängerin, aber nicht wie der Chef. Sie sang ihre Arien am Konservatorium. Eines Abends sogar in der Oper, erzählte man mir. Wir wärmten uns auf, so gut es ging. Mit den Armen, die wir hatten. Und mit dem Mund.

»Kommst du aus dem Süden?«
»Nein, aus Paris. Warum?«
»Weil dir immer kalt ist.«
»Das liegt am Zug.«
»Bist du so oft Métro gefahren?«

Anfangs gab es Missverständnisse. Das schoben wir auf die Leidenschaft, die Dummheit, die Jugend. Jede Ausrede gilt! Aber dann mischte sich das Leben ein. Und nicht sehr geschickt. Oder vielleicht wollte ich auch nicht Lust gegen Liebe tauschen. Ich weiss nicht, schwer zu sagen. Der Alltag kotzte mich an. Ihre Freundlichkeit passte mir nicht. Als sie begriffen hatte, dass ich nicht lange bleiben würde, gab es ein tüchtiges Drama, das hätte ich ihr doch früher sagen können, so was macht man doch nicht, unglaublich, *da bin ich dir ja schön auf den Leim gegangen ...!* Sie machte mir hysterische Szenen, sprach vom geplanten gemeinsamen Urlaub, von ihrem Leben, das endlich einmal einen Sinn hatte. Sie beschrieb mir, wie sie Seezunge Müllerin zubereitete, es sei am besten, wenn man zum Abziehen der Haut den Schwanz in heisses Wasser tauche, das würde sie mir jeden Freitag kochen. Aber ich hab doch nichts versprochen! Gar nichts! Fehlte nur noch, dass sie mir mit Heiraten kam. Das wäre auch passiert, ganz klar. Eine Frage von Tagen. Vielleicht morgen, *was will man noch gross überlegen, wenn man sich sicher ist! Man muss sich trauen! Komm, mein Émile!* Ihr Loch war ihr zu Kopf gestiegen. Drinnen brodelte es. Wie fixe Ideen. Das hinderte sie am Denken. Eines Abends hatte sie ein Herz gezeichnet, das könnten wir uns doch auf den Arm tätowieren lassen, sie auf den linken, ich auf den rechten. Ha, ich würde jetzt schön blöd aussehen, ein Stück von ihr auf mir drauf. Das Leben ist zu kurz für ewige Beweise. Grossmanöver waren einfach, ich nahm mir ihre Knospe vor, knetete ihre Apfelsinen, liebkoste ihre Schleusen, das ging einwandfrei. Vom Apfel habe ich gekostet, o ja. Bei allem anderen machte man mir lieber nicht zu viel Druck. Ich könnte sagen, es lag am Nebel, der alles verdeckte, ihre Formen umhüllte und mir die Augen versenkte, aber in Wirklichkeit war sie nur ein Zeitvertreib. Ich erwiderte, dass ich gern Paimpol und die Klippe besichtigen wolle. Und Piräus. In Wirklichkeit glaubte ich keine Sekunde daran. Vielleicht ist es das, wonach man im Leben sucht, wie viel Arschloch in einem steckt, damit man endlich weiss, wer man ist. Ertragreicher Betrug! An dem Morgen, als ich ging, sah ich schon die Szene vor mir, hörte, wie mir die Pflastersteine um die Ohren pfiffen. Aber ich masste mir zu viel Bedeutung an. Sie war ja nicht blöd, die Marianne. Sie sagte kein Wort. Nur eisiges Schweigen. Und drehte sich wieder um, vielleicht voller Tränen, aber himmelhoch erhobenen Hauptes. Da guckte ich schön blöd aus der Wäsche. Und dabei war das erst der Anfang. Im Absurden bin ich zu Hause.

Ich warte also auf ihn. Trete auf der Stelle. Spreche ihm zweimal auf die Mailbox. Nichts. Keine Antwort. Und da ist er!

»Später ging es wohl nicht!«
»Schrei nicht so.«
»Ach, die haben keine Ohren mehr.«
»Um die geht es gar nicht. Komm, hier lang.«

Zwei Strassen weiter, bei der örtlichen Kinderkrippe, ist das Molekulargenetische Labor. Das macht was her, der

Name. Falls es noch der Sorbonne gehört, es gibt Gerüchte über Privatinvestoren, Amerikaner. Mal sehen. Was mir sofort aufstösst, ist der Geruch. Nach Schwefel, glaub ich. Nach faulen Eiern. Nach Vergorenem. Ich weiss nicht, vielleicht Feuchtigkeit, Schimmel. Also, es stinkt, ich finde kein besseres Wort. Es geht einen langen Gang entlang, der erinnert mich eher an das bläuliche Flimmern öffentlicher Toiletten als an einen Vorposten der Wissenschaft, einer jungen Frau hinterher, um die zwanzig, weisser Kittel und Pferdeschwanz, rechts, links, wie das schwingt, und ihre hohen Absätze, klick klack, das klappert. Im dritten Stock ist das Institut für Seltene Erkrankungen. Eigentlich ist es nicht besonders gross, aber trotzdem, mir wird ganz schlecht, als mir klar wird, wie viele Bakterien und Viren in den Reagenzgläsern, manche in Regalen, manche auf niedrigen Tischen, herumkrabbeln. Lauter »Her-mit-dem-Tod«, eingesperrt in flüssigem Stickstoff und bei niedrigen Temperaturen. Abgepackte Epidemien. Die Schubladen voll mit Infektionen. Lauter Zeitbomben sind das! Und dann die Mäuse, direkt vor uns, widerlich. Am Schädel angebrachte Elektroden, ein Skalpell im Wanst, Hautfetzen an der Flanke, die Eingeweide freigelegt, und sie bewegen sich noch. Anscheinend die Nerven. Unschön, heisst es, aber es erhält die Art. Die Schweine! Die Arschlöcher!

»Wie heisst der noch mal?«

»Jacques Ambroise. Forschungsleiter. Ein verdammt kluger Kopf.«

Mag sein, aber ganz schön verstört. Und knarzig noch dazu. Vor allem eingebildet. Sieht schlecht aus. Und nun stakst er vor uns herum, mit einer Steifheit im Rücken wie ein Totengräber am Grab.

»Sie sind also damit betraut, Licht in diese Sache zu bringen?«
»Ganz genau. Zeigen Sie uns die Leiche.«
»Die Leiche? Wie das, die Leiche … Hat man Sie denn nicht informiert? Inzwischen sind es drei! Drei! Und alle mit demselben Merkmal. Die Zunge. Verstehen Sie? Die Zunge! Was machen wir denn jetzt bloss?«

Er zittert richtig, der Gute. Gleich verliert er die Fassung, hier, vor unseren Augen, kein schöner Anblick. Wenn man die Eliteunis durchlaufen hat, ist Vorsicht geboten, das verleiht einem Flügel, stellt einen aufs Podest, danach ist man äusserlich wie geleckt, hübsch sauber, bei Meetings wird grossgetan, auf Familienfeiern gescherzt, man verneigt sich, kuscht, ein Bückling hier, ein Katzbuckel da, aber sobald sich der Wind auch nur ein bisschen dreht, ein Meteorit den Himmel aus Gewissheiten entflammt, wenn sich ein Verdacht, ein Zweifel einschleicht, dann, ja, dann kann man zugucken, wie diesen Musterbeispielen des Erfolgs, diesen Grands Prix des Denkens, diesen Onanisten des Intellekts, der Lektionen und der Moral ordentlich der Schweiss ausbricht, wie sie verkümmern, verschmachten, sich kleinmachen, die Unfähigen, gestern noch der ganze Stolz, heute nur mehr Nichtsnutze, die Schande der Nation. Ach ja, sie ist herrlich, die Intelligenz der Eliten. Die hat Augenmass!

»Ja, drei Leichen, ich weiss, drei, natürlich. Und die Zunge. Wir kümmern uns drum.«

»Und wie, wenn ich fragen darf?«

»Erzählen Sie uns erst einmal, was Sie wissen. Danach sehen wir weiter.«

»Ganz einfach. Das war die dritte Leiche in drei Tagen.«

»Oh …«

»Ja, oh, Sie sagen es … und sie wurde ebenfalls mit Batrachotoxin vergiftet.«

»Mit Bachatro…«

»Batrachotoxin!«

»Wie?«

»Was, wie? Haben Sie denn nicht den Bericht gelesen? Man hat ihnen die Zunge mit den Zähnen abgetrennt, Allmächtiger, mit den Zähnen, ein höllischer Biss, begreifen Sie, mit den Zähnen, abgebissen. Dafür muss man doch aufs Äusserste gestört sein, oder? Finden Sie nicht?«

»Wie bitte?«

»Ist Ihnen so etwas schon einmal untergekommen in Ihrem Beruf?«

»Ich glaube nicht, nein.«

»Und dann, dank des Überraschungseffekts, nehme ich an, ich weiss nicht, wie sonst, wurde das Gift injiziert. Zack! Gewitter im Gehirn! Ich wage es mir nicht auszumalen.«

»Der Tod tritt sofort ein?«
»Nach ungefähr dreissig Sekunden. Können Sie sich das vorstellen? Dreissig unendlich lange Sekunden. Furchtbar!«

Jetzt ist er grün. Als hätte er auch was von dem Zeug geschluckt.

Wegen der Hitze und der Emotionen ist es praktisch ein Muss, dass Paul und ich uns auf die Terrasse vom Jolimont setzen und zwei kleine Bier bestellen. Bei all den Leuten um uns herum, bei all den geführten Gesprächen und aufgegebenen Bestellungen, dem Kreischen der Kinder und dem Knirschen der Schritte im Kies, ist es bestimmt lärmig, ich aber höre nur das Schweigen zwischen uns. Wir sehen uns nicht einmal an. Mit der Zeit wird es peinlich.

Plötzlich sagt er einfach so zu mir:

»Du, wir haben keinen guten Eindruck gemacht.«
»Blödsinn.«
»Du hattest die doch gelesen, die Akte.«
»Ja, flüchtig. Also, du weisst schon. Ich hab schlecht geschlafen. Der Fabergé-Fall, kennst du ja …«
»Ich sag dir, wir haben keinen guten Eindruck gemacht.«
»Ach was. Der ist bloss in Panik, der Gute. Er will nicht, dass die Sache rauskommt, das ist alles! Apropos, hast du kapiert, wieso?«

»Wieso was?«
»Wieso der so panisch ist?«
»Na ja, das wird langsam bisschen viel, drei Leichen in drei Tagen …«
»Ja, nein, aber was hat das denn mit ihm zu tun, ich meine, ihm wird doch nichts vorgeworfen, oder?«
»Keine Ahnung. Gut, fangen wir von vorne an. Familie, Freunde, Zeugen … Muss alles überprüft werden. Und vor allem kein Wort zur Presse, dass da nichts durchsickert, verstanden. Gibt keinen Grund, die Stadt in Panik zu versetzen, keine Sensationsschlagzeilen. Du erinnerst dich doch an die Grimbergs!«
»…«
»Was guckst du mich so an?«
»Du hast gesagt, wir fangen von vorne an.«
»Ja, und?«
»Ich ermittle im Fall Fabergé, falls du dich erinnerst.«
»Das kann doch warten, oder?«
»Was? Nein!«
»Wie weit bist du denn mit der Sache?«

Ich hatte alles über diese Praktiken gelesen, die für mich in eine andere Zeit gehörten. Aber das überstieg einfach das Fassungsvermögen. Vor allem die Bilder. Die Schatten von Eukalyptusbäumen und Waldkiefern verliefen mit denen der Soldaten, die breitbeinig über den Kadavern standen, noch warm, bäuchlings, Blut und Ocker, Leichenberge, Haufen, Massen, ganze Familien, Horden, Ansammlungen, am Strassenrand, am Feldrand, halbnackt, mit zerschmettertem Schädel, einer wurde umgedreht, die Hände auf dem Rücken, vielleicht gefoltert, man sieht es nicht so genau, er ist alt, und die stehen da in ihren Lederstiefeln und Khakijacken, sie lachen, kotzen nicht mal, und dann die Fliegen, bestimmt, und auch die Gerüche, es stinkt zum Himmel, ist sowieso nichts mehr wert, und überhaupt, wen schert das schon.

»Der Leiter von der Saint-André-Klinik … Der ist komisch …«

»Wie, komisch?«

»Ich weiss nicht, schwer zu sagen, nur so ein Eindruck. Vielleicht hat der was zu verbergen. Ich werde beim Staatsanwalt einen Durchsuchungsbefehl anfordern.«

»Na bitte!«

»Was, na bitte?«

»Während du auf den Durchsuchungsbefehl wartest, hilfst du uns bei dem Dreifachmord.«

Paul war gerade erst zum Polizeirat befördert worden. Der Stolz quoll ihm aus allen Knopflöchern! Genau wie die Autoritätskrisen. Dabei schätzten wir uns damals sehr, über die Stränge schlagen, das war unser Ding, immer ein Einfall für zwei, vollkommen zwanglos, Unstimmigkeiten ganz unmöglich. Ich habe ihn beim Wehrdienst kennengelernt, in Belleville, Rekrutierungszentrum, 23, Rue des Boucheries, ich schwöre euch, so war es. Man kugelte sich schon vor Lachen, wenn man ihn nur kommen sah, auf seinem Zweitaktmofa,

Fahnenflucht auf der Flüstertüte, Holzrosenkranz und oranger Mantel, zerlöcherte Schuhe und lange Haare, er schlug die Zimbeln und schrie *Krishna ist der grösste aller Propheten! Gelobt sei der Allerhöchste!* Ein Ein-Mann-Spielmannszug. Fast wäre es ihm geglückt! Ich war sofort gefesselt. Und dann dieser Feldwebel, das hat uns zusammengeschweisst. Der war fies, Pferdekopp, Dreiviertelschinder und Haare in den Ohren, würgte uns jede Lust auf dem Asphalt ab. Jedem Tierchen sein Pläsierchen! Was Disziplin angeht, hab ich nie was Wirksameres erlebt. Die Zoos sind voll mit denen, die sich im allerkleinsten Kreise drehen. Sabber im Mundwinkel und Tod in den Augen, genau das Gleiche. *Tiens, voilà du boudin! Legionäre, im Gleichschritt, marsch!* Links zwo, links zwo! Ich werd sie euch schon mustern, eure Mandeln und Gelenke! Ruhe im Glied. Ein Schritt zur Seite. Links, rechts. Komm in mein Schlachthaus, nur herein, meine kleine Agonie, komm in meine Industrie, das wird lustig, wirst schon sehen, wirklich wahr. Da gibt's Sandsäcke und Luftschlösser. Wir werden ein paar Wundnähte schliessen und Simulantenverbände anlegen. Die Gehirnerschütterung merkst du gar nicht. Da wird tüchtig trainiert. Trinklieder im Tropf, Teigpasteten im Tornister. Die Kugeln sind aus Plastik. Der Feind aus Pappe. Die Schwächsten müssen zuerst dran glauben, denen werden die Weichteile mit Schuhwichse eingeschmiert, geschieht ihnen recht. Das ist eine Erholungspause, sagt man, ein Zeitvertreib. Und wenn alle das machen, na, warum sollte ich dann nicht. Es gab Aziz und Abdullahs, Ben Balas und Mzuri Sanas. Aber alles Franzosen! Hinter dem Gewehr zählt die Farbe nicht mehr. Vor dem Gewehr übrigens auch nicht. In den Büros allerdings sollte man sich lieber nicht blicken lassen. Jeder an seinem Platz. Du kannst sämtliche Ebenen besudeln, die Po- oder die Bekaa-Ebene, kannst sie bejauchen, bemisten, dich in üblen Gerüchen ergehen, solange du der Führung nicht reinquatschst, sagt keiner was.

»Wenn du meinst. Dann lege ich den Fabergé-Fall beiseite und fang mit dem Dreifachmord an.«

»Übergangsweise.«

»O. k.«

»Na komm, jetzt hab dich nicht so, ich nehm dir deinen Fall schon nicht weg. Das ist nur vorübergehend.«

»Ich hab doch gesagt o. k.«

Paul und ich haben uns Beistand geschworen. Aber alles hat sich verändert. Weil das Leben vergeht, und Versprechen auch. Auf Abwegen offenbart sich die wahre Natur.

2

Leichter Sprühregen geht auf die Stadt nieder. Und in den Strassen wird alles lebendig. Menschen unter Regenschirmen, Hunde an der Leine, Wasser in den Rinnsteinen. Die Sonne, wie ein Bluterguss, schickt durch die feuchte Haut des aufgetrennten Himmels das letzte ihr verbliebene Licht. Und dann rumst ein Donnerschlag hernieder. Und der Tag zerbricht. Am Quai des Orfèvres geht es geschäftig zu. Eine grosse Kaffeekanne steht auf dem Schreibtisch. Aber niemand rührt sie an. Danach steht uns nicht der Sinn. Der Tod der anderen ist unsere Krankheit.

Ausser dem schweissgebadeten Polizeirat, der gerade einen Anruf vom Minister bekommen hat, sind da noch Léon, genannt »Kneifzange«, wegen der Handschellen, die er immer zu fest anlegt, um die fünfzig, nicht besonders gross, aber athletische Erscheinung, langjähriger Polizeihauptmeister; Éloi, erfahrener Polizeiobermeister, zur Verstärkung vom Zentralen Nachrichtendienst ausgeborgt; Serge, ein Scharfschütze und echter Draufgänger, seines Zeichens Offiziersschüler, er hatte sich in einem heiklen Fall, der gerade erst abgeschlossen war, als Maulwurf betätigt; und zwei Polizeimeister,

Armand und Samir, die nur über Kampfsport und Personenschutz reden. Insgesamt sieben. Eingeschränktes Kontingent, das wissen wir nur zu gut, aber wir sagen nichts. Wird schon gehen. Drei Tage seit dem ersten Mord und noch immer kein Indiz. Ponyhof stand nicht im Vertrag.

»Éloi, gibst du uns mal einen Überblick?«

»Also, Michel Bassari. Zweiundfünfzig. In Dakar geboren. Seit zehn Jahren in Frankreich. Geschieden. Vater einer zwölfjährigen Tochter. Biologe. Wurde tot in seiner Wohnung aufgefunden, Batoxinvergiftung.«

»Batrachotoxin.«

»Ja, mein ich doch. Hat 'ne Nummer geschoben, danach war die Zunge ab.«

»Das wissen wir sicher?«

»Was?«

»Das mit der Nummer?«

»Zweifelsfrei. Allerdings nicht, mit wem. Keine Fingerabdrücke. Keine Einbruchsspuren. Und anscheinend wurde nichts gestohlen.«

»Und die abgetrennte Zunge, wie kam das?«

»Laut dem Laborleiter mit den Zähnen! Kein Messer oder so, mit den Zähnen! Abgebissen halt!«

Je grausiger die Geschichten, desto weiter weg bin ich mit meinen Gedanken. Das ist immer so. Daher denke ich an Kalbszunge mit Kapernsauce, die es manchmal bei Paulette gibt. Zunge ist rau, je nachdem, wie lange man sie kocht. Aber auch schleimig, wie diese Muscheln, die glibberig am Topfboden kleben.

»Jedenfalls gibt's keine Spuren!«

»Moment mal, die vögeln, ihm wird die Zunge abgebissen, und man findet nicht mal ein bisschen Speichel, keinen Abdruck, keine Haare, kein …«

»Ich weiss, das ist komisch. Ich hab den Gerichtsmediziner gefragt, aber ihm zufolge ist das wegen dem Blut. Da war so viel, dass sich alles vermischt hat. Einfach Pech, meinte er.«

»Ach nee, einfach Pech! Irgendwo ist auch mal Schluss!«

»Allerdings ist da mit Sicherheit jemand zum Saubermachen durch.«

»Sagt wer?«

»Das Labor.«

»Was soll das heissen?«

»Profis soll das heissen. Mehrere, mindestens zwei, die gehen über den Tatort, nachdem das Verbrechen begangen wurde.«

»Ja, und machen sauber, mit einem starken Desinfektionsmittel.«

»Und haben sie davon Spuren gefunden, von dem Mittel?«

»Weiss ich nicht. Ich frag mal.«

»Und die abgebissene Zunge, wo ist die?«

»Nirgendwo. Also, nicht am Tatort, jedenfalls.«

»Und wer hat Alarm geschlagen?«

»Die Putzfrau. Aber die hat derartig rumgeschrien,

dass irgendwann ein Nachbar gekommen ist. Der hat dann die Zentrale verständigt.«

»Ihr geht mir den Abend des Opfers Schritt für Schritt durch. Ich will alles wissen. Und seine Frau muss befragt werden. Émile, da kümmerst du dich drum.«

»Und der zweite Mord?«

»Jean Samuel. Neunundsechzig. Ebenfalls Biologe. Leiter des Instituts für Psychische Gesundheit und Neurowissenschaften an der Universität Paris Nanterre.«

»Wie alt noch mal?«

»Neunundsechzig.«

»Sag mal, wann gehen die denn in Rente, diese Professoren?«

»Keine Ahnung.«

»Gut, also wir haben zwei Biologen. Auf die gleiche Art getötet. Und auch hier keine Indizien, keine Kampfspuren, keine blauen Flecken, keine Schnittverletzungen.«

»Himmelarsch, was ist denn das für ein Fall?«

»Ein Spaziergänger hat ihn gefunden und sofort die Kollegen alarmiert. Seine Frau ist untröstlich. Die Stelle war sehr begehrt. Aber ihres Wissens hatte er keine Feinde. Dann konnte sie nicht mehr aufhören zu weinen. Sie sagt, es war ihre Schuld, sie hätte ihn zurückhalten müssen, normalerweise hätten sie einen schönen Sonntag wie diesen gemeinsam verbracht, aber er hat wohl einen Anruf aus dem Labor bekommen und ist dann gleich los. Sie hat keine Ahnung, wer das gewesen sein könnte. Das Komische ist: Sie beteuert, er hätte sein Auto genommen. Aber es ist unauffindbar. Wir haben eine Suche eingeleitet. Ein rotes Cabrio, das müsste doch eigentlich leicht zu finden sein.«

»Und seine Kleidung, wo ist die?«

»Keine Ahnung!«

»Und seine Frau, was hat die in der Zeit gemacht?«

»Sie war den ganzen Nachmittag zu Hause und hat Fernsehen geguckt. Sie hat uns auch gefragt, ob er leiden musste.«

»Und sein Handy, was kam da raus?«

»Er hatte keins bei sich.«

»Scheisse!«

»Und der dritte Mord?«

»Livo Koskinen …«

»Was ist denn das für ein Name?«

»Norwegisch.«

»Ist übrigens nicht der Dritte.«

»Ach ja?«

»Laut Autopsie wurde Livo Koskinen als Erster getötet. Man hat ihn am Samstag, dem 28. Juni, gegen dreiundzwanzig Uhr in seinem Haus aufgefunden. Jean Samuel war der Zweite, starb am Tag darauf, Sonntag am späten Nachmittag, Rue Gît-le-Cœur. Und der Letzte, Michel Bassari, wurde in der Nacht von Montag auf Dienstag getötet.«

»Drei Morde in drei Tagen. Dazu gehört Mumm!«

»Oder Hass.«

»Also, Livo Koskinen, das erste Opfer. Mathemati-

ker. Verheiratet. Vater von zwei Töchtern im Teenageralter. Ebenfalls zweiundfünfzig.«
»Ja, wahrscheinlich eher Zufall. Aber wer weiss … Seine Frau hat ihn im Keller seiner Villa gefunden. Splitternackt, auf dem Bauch, Kopf auf der Seite, die Augen verbunden, Hände und Füsse mit Kabelbindern gefesselt.«
»Das ist komisch.«
»Was ist komisch?«
»Die Kabelbinder. Im Allgemeinen finden solche Schweine gerade die Wiederholung geil. Immer die gleichen Gegenstände, auf die gleiche Weise, wie eine Stilübung, eine Handschrift …«
»Na, da sind immer noch die Zunge und das Gift.«
»Ja, aber das Ritual ist nicht jedes Mal gleich.«
»Ja, gut.«
»Und warum die Zunge?«
»Weiss ich nicht. Vielleicht soll das so was heissen wie Tote reden nicht.«

Lauter feine Leute, wie es aussah. Von vorne bis hinten. Blaues Blut und dergleichen. Hohe Tiere in Hülle und Fülle.

»Nur dass wir dort, bingo, Haare gefunden haben! Nicht viele, aber lange, lockige und … rote! Das ist eher selten, rote Haare. Ich hab sie ins Labor geschickt.«
»Sie haben Haare vergessen? Da wurde aber schlampig saubergemacht.«

»Ausser es war Absicht.«

»Bescheuert, der Fall.«

»Und das sind natürlich nicht seine eigenen? Also, ich meine, Livo Koskinens?«

»Weder seine noch die seiner Frau.«

»Noch von seinen Kindern?«

»Noch von seinen Kindern.«

»Gut, wir haben vielleicht eine Spur. Léon, du guckst im Register.«

»Und die Nachbarn?«

»Niemand hat was gehört. Aber das ist kein Wunder, die nächsten Häuser stehen ziemlich weit weg.«

»Und bei allen drei Morden das Gleiche mit dem Blut, nicht analysierbar?«

»Ja. Exakt. Zu viel Blut. Hat sich alles vermischt. Analysen sind unmöglich.«

»Jedenfalls ist der Minister beunruhigt, meine Herren. Er will Ergebnisse sehen. Und für den Augenblick haben wir nicht viel.«

Der Minister! Wir lachen herzlich. Ein Nervenbündel, von Zuckungen und Ticks gebeutelt, das die Kohabitation hierher verschlagen hatte und das unablässig herumrannte, gestikulierte, aus der Puste geriet, Guten Tag, Madame, kam und ging, Guten Tag, Monsieur, sich darstellte, sich bei jedem Geräusch, jedem Furz in Gang setzte. Das Fernsehen war sein Zuhause. Als könnte man gleichzeitig zum Höhepunkt kommen und reden.

»Also, am Samstag, 28. Juni, wird Livo Koskinen getötet, und es gibt kein verwertbares Indiz. Am nächsten Tag ist Jean Samuel dran, auf offener Strasse. Und schliesslich kommt am Montagabend Michel Bassari zu Tode. Und immer noch keine Spuren. Richtig?«

»Ganz genau.«

»Gut, Émile, du kümmerst dich um Bassaris Witwe. Serge, du bleibst mit mir hier und koordinierst das Ganze. Ihr anderen, Léon und Samir, ihr kümmert euch um Professor Samuel. Ich will alles wissen, klar? Das Gleiche gilt für Éloi und Armand bei Koskinen. Morgen früh Punkt acht, meine Herren. In alter Frische!«

Die schlimmsten Dinge des Lebens enden immer in einem Polizeirevier. Das ist Naturgesetz. Wir können hier gedämpftes Licht verwenden, zu Weihnachten Lichterketten aufhängen oder Blumen in die Allee stellen, so viel wir wollen, das ändert gar nichts, es bleibt hässlich wie die Kotze einer betrunkenen Frau. Und wenn man dann einen Fall löst, wirft das nur noch ein bisschen mehr Licht auf das Elend der Welt. Tiefschläge, fiese Schläge, Schicksalsschläge, Laster und Desaster, Heulen und Beulen, alles ist mal dran, alles kommt hier an. Man müsste schleunigst abhauen, nie mehr zurückkommen, seine Träume anderswo ausschwitzen, die Côte d'Azur wäre sicher nett. Aber wir bleiben hier, wie die Müllmänner der Tugend, wie Löschblätter für Skandale. Man könnte meinen, es mache uns manchmal sogar Spass.

3

Zu spät zum Essen, zu spät zum Duschen, zu spät für alles, verdrossen geh ich ins Bett. Und da die Nacht dem Tag folgt, träume ich. Ein Arzt, Spritze in der Hand, verkündet mir, dass ich zu viel geraucht habe, *Krebs, Monsieur Blanchard!* Ein Hubschrauber taucht auf, schreckliches Getöse, und er fliegt tief, immer tiefer, zerzaust Frauen und Kindern die Haare, Hunderten, vielleicht Tausenden, eine endlose Kolonne zieht dahin auf Trampelpfaden, flieht den Krieg, bestimmt, manche mit blossen Füssen, manche mit erhobenen Armen. Und nun auch Mäuse, sie rennen über mich drüber, eine kratzt mir den Bauch auf, eine kommt aus meinem Mund. Immer mehr, und es hört nicht auf. Eine wird skalpiert. Und alles entbrennt. Und ich ende in den Flammen. Ich schrecke hoch. Wache auf. Wimmere. Das muss sich ändern. Ich kann nicht mehr. Ach, wenn man beim Träumen nur wüsste, dass Träume herrenlose Hunde sind.

Solche Nächte! Na los, Émile, du musst schlafen. Ein, zwei Stunden. Streng dich an. Ich wälze mich hin und her, denke an nichts, denke an alles. Ich halte die Luft an, überlege, im Kühlschrank ist noch Hühnchen, ich verzichte, starre ins Leere, nichts zu machen! Also fasse ich mich an. Am Anfang steht er schlaff. Aber ich lasse nicht locker, x-mal geübt, mit dem Lutscher auf den Rummel. Und dann wird er fester, nicht so, wie ich es gern hätte, egal, kommt trotzdem, beim Entern spült es mich weg, es braucht nicht viel, Liebe aus der Dose. Ein Stöhnen, ein Schnaufen, ich komme, endlich, zum Abschied ein Schauer. Aber jetzt, mit meinem Genuss an den Händen, auf dem Bauch, in den Laken, das letzte Mittel verschossen, ist es noch schlimmer, ein Weltuntergang, bleibt nur noch verrecken, mich ersticken, kreuzigen … bis schliesslich der Tag anbricht. Scheisse, und dafür rackert man sich dann ab! Ich stehe auf, quäle mich aus dem Bett, dem Schlafzimmer, dem Haus. Weder rasiert noch erfrischt, ein Tänzer auf dem Drahtseil.

Zu dieser Stunde triefen die Gärten vor Tau, Röcke werden glattgestrichen, und die Vögel singen ihre Serenaden, ich aber sperre mich in die Métro ein, diese gärende Röhre, diesen platzenden Schlauch, ein furzender, rülpsender, lauthals schreiender, walkender Darm, der nicht mehr kann, eine hübsche Wichsmaschinerie, Züge, die einander kreuzen, sich anrempeln, winden, anschreien, das tut in den Ohren weh, und die, von Station zu Station, von Lüftungsschacht zu Abzugsrohr, Leute auskotzen, Leute in Eile, Leute von heute, betriebsbereite, gute Arbeiter, gute Mitläufer, gut durch, verkohlt, konditioniert, fleissig, die den Feierabend wittern, sie verpeitschen mit den Armen und verdrängen mit dem Schnabel, sie haben schmutzige Hosen und abgetragene

Hemden, feuchte Hände und volle Bronchien, Mikroben, Bakterien, Krankheiten, sie stürzen voran, drücken offene Türen ein, sie drängen, sie zwängen, Kleinigkeiten, Nichtigkeiten, sie rülpsen und pissen, einer beklaut den anderen, und manchmal bespringt sogar einer den anderen, wenn der letzte Zug durch ist.

Mir wurde der Führerschein entzogen. Wiederholte Geschwindigkeitsüberschreitung. Zwei Monate schon liess ich mich von den anderen kutschieren, liess mich bemuttern, und der Polizeirat lächelte amüsiert. Nur weil ich mit den Gedanken woanders war, ich hab an meine Frau gedacht, Tag und Nacht, am Steuer und im Büro, ihr Duft wie eine Madeleine, dachte daran, wie sie stundenlang durch unser Wohnzimmer schwofte, die Hände wie Walzertänzerinnen, ihr nackter Rücken, und sie bremst ihre Flucht, kämpft weiter, stützt sich ab, fängt von vorn an, wird sauer, greint, schreit, geisselt, überschreitet, geht und kommt dann wieder, vom Meeresgrund bis zur Gischt des Ozeans. Und ich, ich blieb dort sitzen, am Rand der Dinge, die Hände im Schoss, Gewitterdüfte durchs offene Fenster, knöpfte mit verzerrten Worten den Himmel auf, schaufelte bereits mein Grab, unter Tränen und auch mit Freude, Ehrengast dieser Zeremonie, die mir entglitt, aber deren Bedeutung ich durchaus ermass, als würde Rodin direkt vor mir den *Ewigen Frühling* erschaffen, nur dass man mir die Augen ausgestochen hatte. Ich habe keine Fotos von ihr. Oder nur wenige. Niemand durfte sie anfassen, manchmal nicht einmal anschauen. Zerbrechlich im Übermass, blutarm in allem. Ihre Vergesslichkeit bei Verabredungen, Dingen, Menschen … *Oh, das war keine Absicht,* ihre ganz eigene Art, überall gleichzeitig zu sein. Sie erzählte, man habe sie angemacht, irgendwo bei Nogent, habe Hand an sie gelegt, dass sie deshalb entschieden hatte, alles hinter sich zu lassen, das Dorf, die Ihren, und am Ende ihr Leben. Ich habe das nie geglaubt. Gegangen ist sie trotzdem. Sie war wie ihre Handschrift, mit variabler Strichstärke. Nie ein Gravis, stets das reine Vergnügen. Man hat nur eine wahre Liebe. Der Rest ist schmückendes Beiwerk, etwas gegen die Einsamkeit, ein kleiner Trost, nichts weiter. Was können Menschen schon ausrichten, sobald es um Liebe oder Tod geht? Und die Nächte erinnern sich. Ich trank nicht mehr, ass nicht mehr. Man nährt Körper, keine Betrübnisse. Sie kamen. In grosser Zahl. Mit Blumen. Das hat sich mir ins Gedächtnis gebrannt. Sie sprachen Gebete, aber ich hörte sie nicht. Sie bekreuzigten sich, aber ich sah sie nicht. Sie wechselten sich ab, wechselten das Wasser der Vase und gingen, wie sie gekommen waren. Und ich blieb zurück, mit der Nase auf den Fliesen und im Glauben, wenn ich mich nur lange genug von mir selbst abkapselte, würde ich bald ebenfalls in die Vorhölle des Todes treten. Und dann brachte man mir Plastikgladiolen, *weil deine Freunde nicht ewig kommen werden, und man muss auch wieder nach vorn schauen.* Und da, konfrontiert mit den künstlichen Blumen und der Erinnerung an ihren kalten Leib, war mir, als ob das Unbehagen mich steuerte und mir befahl aufzustehen, *geh, raus, komm, sing, spring, schubs …* Zuerst ein bisschen, Tag um Tag. Und ich habe mich darauf eingelassen, habe mitgemacht. Und die Dunkelheit löste sich von der Nacht. Ich streifte durch die Strassen von Paris. Und wenn der Schmerz sich mir manchmal an die Fersen heftete, achtete ich nicht darauf. Los, Émile! Mein Körper fand sein Gewicht wieder. Und ich habe nichts mehr gesagt, nie wieder, zu niemandem, vorbei. Das Leben ist bloss eine Kirche, erst findet man darin Zuflucht, und am Ende geht man darin verloren. Ihr Vater hatte sie mir anvertraut. *Ich gebe dir meine Tochter, pass gut auf sie auf.* Es tut mir leid, ich habe sie nicht zurückhalten können. Selbst Engel haben Albträume.

Dann schlafe ich auch noch kurz vor Pyrénées ein. Und als ich aufwache, juckt alles. Verklebte Augen, pappiger Mund. *Ich Idiot hab die Haltestelle verpasst!* Also wieder zurück, in Rambuteau raus, auf den Gegenzug warten, in République durch die Gänge hasten und in Père Lachaise umsteigen. Scheisse! Schweissgebadet und im Verzug mit meinem Programm, komme ich bei der Witwe Bassari an.

Bevor ich klingel, will ich sehen, wie die Atmosphäre so ist. Ich schaue durchs Fenster, ganz unauffällig. Am Fuss des Bettes, der Sonne zugewandt, die sich bereits in vereinzelten Lichtbündeln hereinstiehlt, auf einer olivgrünen Yogamatte, verrenkt sie sich auf jede erdenkliche Weise. Am Anfang hat sie noch etwas an, etwas Weites, eine Art Kimono, vielleicht Seide, der unter den Armen klafft, sich Kühlung verschafft, Ausschnitte nackter Haut zum Vorschein bringt, die sich offenbaren wie ein verratenes Geheimnis. Ich erahne ihre Schöpfung, ihren Ursprung der Welt. Lust, hinaufzuschwimmen bis zu ihrer Quelle, mich ihrem Licht hinzugeben, als wollte ich die Brennpunkte meiner Qualen wiederfinden. Und dann zieht sie sich aus! Weg mit dem Kimono! Nieder mit der Scham! Ihr Haar wird nur von einem blassrosa Seidenband gehalten, und ihre Glieder nehmen Positionen ein, die sich schlecht mit meinen Anatomiekenntnissen vereinbaren lassen. Unmögliches Zeug! Auf einem Bein stehend, der andere Fuss hinter den Nacken geklemmt, im rechten Winkel, eine Zauberin, Arme über Kreuz, Hände zum Himmel, sie streckt sich, macht sich lang, verformt sich, klappt ein, Wirbel für Wirbel, hoch, runter, langsam, aufreizendes Ding, stützt die Handflächen auf die Matte, hält den Atem an, kommt wieder hoch, geht ins Hohlkreuz, schöne glatte Schenkel, muskulös wie eine Ballerina an der Stange, die Sehnen zeichnen sich ab wie unter bewegtem, fieberhaftem Wasser, allein vom Zuschauen tut mir alles weh! Tolle Körperbeherrschung! Und sie macht weiter, der Rücken ganz gerade, und legt den Kopf in den Nacken, eine Verlängerung der Wirbelsäule, Gruss an den Inka-Gott oder so was in der Art. Und ich hänge mich an ihr Ritual. Jetzt setzt sie sich hin, biegt den Oberkörper nach links und rechts, Metronom der Lust, ehe sie das Becken ein paarmal vor- und zurückschiebt und die Stirn auf die Knie legt. Ihre Pobacken kleben an der Schaumstoffmatte, die Lippen ihres tropfnassen Geschlechts halten einander schmatzend fest. Sie spreizt die Beine, und als diese beiden Stückchen ihres Körpers den Boden streifen, beisse ich mir von innen auf die Wange. Die Rache der Ohnmächtigen! Der Tod der kleinen Leute! Und es geht weiter. Ihre schweren Brüste mit den geschwollenen Warzenhöfen beugen sich der Neigung, die das Ritual vorschreibt, bald nach vorn, bald zur Seite. Ich sehe nur noch ihren seidigen Körper, ihren Schweiss, und höchstens mein Schmerz kann meiner Besessenheit das Wasser reichen. Dann legt sie sich auf den Rücken und, als wär's ganz natürlich, wandern ihre Finger federleicht zwischen Mund und Südpol hin und her. Feuer und Wasser! Ihr Bauch hebt und senkt sich, der Kopf geht vor und zurück, ihr Spalt auf und zu. In der Falle! Infanterist des Absurden! Kopp in der Schlinge! Ich werde zum Brand. Und die Welt steht still. Die streichelt sich! Und auch noch genüsslich! Schwein von Berufs wegen, die Leute im eigenen Haus ausspionieren, alles aus sicherer Entfernung betrachten, statt sich selbst ins Leben zu stürzen, im schwarzen Schatten einer Rolle bleiben, die Schafott mit Verbot verwechselt, mir den Schleier einer unmöglichen Liebe abnehmen. Lazarus, komm heraus!

Ich klingel an der Tür. Ich warte. Dass der Wind sich dreht. Und da ist sie. Sie trägt jetzt einen durchsichtigen Pareo. Ich meine Alltagsmaske. Jedem seine Fassade.

»Guten Tag, Madame.«

»Falls Sie von der Polizei sind, sparen Sie sich die Mühe.«

»Wie bitte?«
»Sind Sie taub?«
»Nein, aber ich verstehe nicht. Warum sollte ich von der Polizei sein?«
»Sie sind seit einer Stunde auf sämtlichen Überwachungskameras.«
»Na und?«
»So was macht nur die Polizei.«
»Also, jetzt hören Sie mal, Madame Bassari …«
»Sind Sie nun von der Polizei oder nicht?«
»Ja.«
»Dann sparen Sie sich die Mühe.«
»Wie bitte?«
»Haben Sie einen Durchsuchungsbefehl?«
»Ich will doch nichts durchsuchen. Ich habe nur ein paar Fragen an Sie.«

Sie ist überhaupt nicht so, wie ich sie mir vorgestellt hatte. Schwarz, das ja, aber hochmütig und gleichzeitig würdevoll. Eine Wüstenprinzessin. Glitzer auf den Lidern und Lack auf den Nägeln. Kein bisschen verlegen. Oder erschrocken. Geld hat keine Farbe.

»Ausserdem komme ich nicht Ihretwegen, sondern wegen Ihres Mannes.«
»Was hat er jetzt wieder gemacht?«
»Er ist gestorben.«
»Aha.«
»Mehr nicht?«
»Bitte?«

»Das erschüttert Sie nicht weiter?«
»Geht Sie das was an?«
»Ein bisschen, doch. Mein Beileid jedenfalls, Madame.«
»Danke.«

In dem Moment bemerke ich einen Ring an ihrem rechten Zeigefinger, weiss, gefasst, vielleicht Diamanten, auf jeden Fall was Solides. Trägt man so einen normalerweise nicht am Ringfinger? Die Reichen machen immer alles anders, denke ich bei mir, einfach damit ich etwas an ihr auszusetzen finde.

»Wissen Sie, woran er gearbeitet hat?«
»Nein, tut mir leid.«
»Wo waren Sie gestern Abend?«
»Was geht Sie das an?«
»Wollen Sie dieses Gespräch wirklich auf dem Revier fortsetzen?«
»Ich war gemütlich zu Hause. Und musste überstürzt los und meine Tochter abholen.«
»Ihre Tochter abholen?«
»Ja. Sie hat mit der Schultheatergruppe ein Stück aufgeführt.«
»Und?«
»Und ich musste sie abholen, das habe ich Ihnen doch gerade gesagt.«
»Sie haben ›überstürzt‹ gesagt.«
»Ja, das war nicht geplant. Mein Exmann war dran. Und gegen zwanzig Uhr hat er mich angerufen, um

mir zu sagen, dass er wegmuss und sich nicht um unsere Tochter kümmern kann.«

»Wie heisst sie?«

»Sophie.«

»Und wo ist sie jetzt?«

»In der Schule Notre-Dame-de-la-Garde, Boulevard Victor Hugo.«

»Dort haben Sie also Ihren Exmann zum letzten Mal gesehen?«

»Nein, nicht mal. Als ich ankam, war er schon weg.«

»Und hat Ihre Tochter alleine gelassen?«

»Mit ihren Klassenkameraden und den Lehrern.«

»Und wie genau ist Ihre Beziehung?«

»Inwiefern?«

»Sie haben mich schon verstanden.«

»Wir sind geschieden, das scheint mir doch sehr klar.«

»Ja, aber ich meine …«

»Wir leben seit mehreren Monaten getrennt.«

»Haben Sie sich im Guten getrennt oder …«

»Oder was?«

»Ich weiss nicht. Vielleicht haben Sie ihn ja gehasst und …«

»Und ihn umgebracht, wollen Sie das andeuten?«

»Ich weiss es doch nicht, ich …«

»Passen Sie mal auf, Monsieur Ich-weiss-nicht-mal-Ihren-Namen …«

»Émile Blanchard, Oberkommissar.«

»Sie hauen jetzt ab! Und zwar ein bisschen plötzlich!«

Sie will mir gerade die Tür vor der Nase zuschlagen, als sie sich plötzlich anders besinnt, schmunzelt, an mich herantritt und mir ins Ohr flüstert, dass ihr Mann an den Blutkonserven gestorben ist, die er sich jede Woche selbst in die Venen laufen liess.

»Blut von afrikanischen Mädchen!«
»Bitte?«
»Wenn ich es Ihnen sage.«
»Ich verstehe nicht.«
»Ganz einfach. Vor ein paar Jahren hat mein Mann gelesen, dass ein amerikanischer Professor alte Mäuse verjüngt hat und so weit war, das Ganze an Menschen zu testen. Dass es nur noch eine Frage der Zeit sei. Dass das ewige Leben ganz nah wäre!«
»Ja, und?«
»Wie, verstehen Sie denn nicht?«
»Nein.«
»Er kaufte Blut von jungen Frauen aus Nigeria.«
»Was?«
»Wenn ich es Ihnen sage. Da er allerdings immer mehr brauchte, hat er letzte Woche ein Mädchen aus einer Schule entführt und ihr im Keller eigenhändig die Kehle durchgeschnitten.«
»Ah ja! Sehr witzig!«

Was für eine Komikerin! Das hatte ich nun wirklich nicht kommen sehen. Die muss sich gerade schieflachen, sich den Bauch halten, fast einpinkeln. Auf Beerdigungen erzählt man sich mit Sicherheit Lügenmärchen und

Flunkereien. Erster Platz in Schwachsinn. Die hat mich richtig verarscht. Man muss schon ordentlich Wut im Bauch haben, um sich so über den Tod lustig zu machen. Das Schwärzeste an ihr ist am Ende ihr Humor. Und ausgerechnet ich krieg ihn ab. Das schreibst du mir noch mal sauber ab! Ich möchte sie erwürgen, bis sie ihre Scheisse ausspuckt. Ihretwegen bin ich ausser mir. Die können sich morgen auf was gefasst machen!

4

Für den Rückweg nehme ich ein Taxi. Zu sehr in der Stille anderer denken, unsere Privatsphären vermengen ist mir über Gebühr unerträglich. Am Ende sind wir dann zwangsläufig einer wie der andere. Der Taxifahrer redet von einem jungen Sänger, der in einer Woche bei Porte Maillot ein Konzert gibt. Ich sage nichts. Also fängt er von den Passanten an, die nicht mehr das sind, was sie mal waren.

»Sie glauben gar nicht, was wir in unseren Taxis so alles sehen, Monsieur, manche Touristen zum Beispiel sagen nicht mal mehr danke.«

Warum nur fühlen sich ständig alle bemüssigt, mit mir zu reden, als wäre ich allein dafür gezeugt worden, eine Abladestelle für vertrauliche Mitteilungen? Irgendwann ist auch mal Schluss! Hat das Elend nie ein Ende? Seine Jeremiaden sind wie Explosionen, wie ein neues Chaos, von tausend monotonen Ausscheidungen durchdrungen.

»Die kommen inzwischen alle in Bussen, wir kriegen die dann gar nicht erst zu Gesicht, die Touristen, fahren nur noch in Reisebussen rum, davon haben wir nichts.«

Mensch, kau jemand anderem das Ohr ab!

»Ich will ja nichts sagen, weil, ich seh schon zu, dass ich zurechtkomme, irgendwie, aber alles ist so teuer ... Wissen Sie, wie viel das Benzin heute kostet?«
»Bitte?«
»Vorher war ich auf Guadeloupe, besser organisiert war's da nicht, nein, das nicht, aber wenigstens gab es Solidarität. Die sprechen wie Dichter, da unten.«

Und weiter im Text, nicht zu bremsen, der Gute! Immer raus damit, gib deinen Senf dazu! Und deinen Dreier! Schäm dich. Und nun umklammert er sein billiges Lederlenkrad mit den Fäusten. Was voreilige Schlüsse angeht, sucht er seinesgleichen. Aber ich sage nichts. Ist besser so.

»Ich weiss, wovon ich rede, Monsieur, denen auf dem Amt hab ich das auch gesagt, bei den Schwächsten kommt es gar nicht erst an.«
»Fahren Sie über den Jardin des Plantes. Dort warten Sie auf mich. Und machen Sie bitte das Radio aus.«
»Gut, Monsieur.«
»Und Sie sind bitte auch still.«

Es ist ein Umweg, aber meine Mutter wohnt dort. Ich habe sie seit Jahren nicht gesehen. Ich bin unschlüssig.

Eine einmalige Gelegenheit. Warum nicht? Stau bei der Bastille, Auto an Automobil, so schiebt es sich langsam dreispurig dahin. Paris ist eine einzige Sardinenbüchse. Erst bin ich sauer. Dann schaue ich zu. Jedem sein Fachgebiet. Einer pfeift, einer fuchtelt, Theater für Arme. Manche drängeln sich rein, von links, von rechts, wie angestochen, die lassen garantiert einen Tropfen in der Unterhose, wenn sie ein, zwei Meter gutmachen. Und alles nur, um mal von hinten rangenommen zu werden.

Wie wir so hintereinanderher zuckeln, Nasen in Abgasen, Hunde, die sich gegenseitig am Hintern beschnuppern, kommen wir endlich raus. Es löst sich auf, ab nach Haus. Wir kurven durchs Viertel, ich weiss es nicht mehr richtig, erinnere mich nicht an die Strasse, es ist deprimierend, wundes Pflaster.

»Und jetzt, links oder rechts?«
»Äh … ich weiss nicht. Fahren Sie geradeaus.«

Die Häuser sind grau. Man sieht Schatten. Leute heben den Kopf. Und dann hab ich's.

»Hier. Stopp! Es dauert nicht lange.«

Ich gehe hoch. Maman ist zu Hause, in ihrem Sessel, dessen Form sie mehr und mehr annimmt. Sie versinkt, darin und unwiederbringlich. Eine Wachspuppe mit geflickter Schürze, die Haare ungewaschen und zerzaust, glasiger, aschfahler Blick, der Kopf leicht zur Seite geneigt und Sabber im Mundwinkel. Viel ist nicht mehr da, nur noch ein Skelett. Das ist ein Schock! Ein ganzes Leben, und dann das. In ihren zusammengeschusterten schwarzen Lackschuhen sind keine Schnürsenkel, vergessen, verloren vielleicht. Die Deckenbalken zersplittern in feine Lamellen, als ob der Himmel sich schon mal öffnet und ihr zeigt, auf welchem Weg sie bald entschwinden wird. Auf einem Couchtisch ein weisses Deckchen in Kreuzstichstickerei. Und Medikamente in allen Formen und Farben, sogar gestreifte. Wie viele nimmt sie? Am Anfang hatte sie einen Mann. Und dann einen Sohn. Nicht einen Augenblick für sich, meine Mutter. Dann kam der Diabetes. Das hielt sie im Alter gut beschäftigt, sie spritzte sich beim kleinsten Schwindelanfall in die Venen. Aber jetzt geht alles den Bach runter, nichts ist mehr schön, Barmherzigkeit und Plackerei, sich die Traurigkeit abkehren, Glück gepaart mit Leid. In einer Obstschale aus Kristall und in Kobaltblau liegen zwei Orangen und drei Äpfel. Ein Stillleben. Es riecht nach Alter. Nach Sandelholz und Ammoniak. Und nach Urin und Einsamkeit. Dabei hatte meine Mutter eigentlich ein schönes Leben. Daran gibt es nichts zu rütteln. Der flackernde Schein der Kathodenstrahlröhre erhellt ihre Lebensreste. Aus einem Wäschekorb lugt der Kopf einer Puppe mit einem ausgestochenen Auge, und auf einem billigen Möbel, bei dem man nicht weiss, ob die oberste Schicht Dreck oder Lack ist, stehen zwei Tauben, die hatte sie vor ein paar Jahren ausstopfen lassen, was den Raum noch makabrer macht. So leichenhaft. So wie sie, im Grunde.

»Guten Tag, Maman.«

Keine Antwort. Sie schläft bestimmt. Ich hole mir ein Glas Wasser, trinke in einem Zug, es ist lauwarm, gechlort, macht die Nase frei, reizt die Bronchien. Ich öffne das Fenster. Ich gewöhne mich an den Geruch. Viele Erinnerungen hier tragen meinen Namen.

»Guten Tag, Maman.«

Wie lange sitzt sie schon in diesem Sessel, langsame Stunden als einziger Zeitvertreib und Erinnerungen, die die Zähne reizen und den Magen durchbohren? Ich weiss zwar nicht, in welchem Land die Toten wohnen, aber wo meine Mutter wohnt, schon. Im Verfall. Eines Tages muss ich ihr wirklich einmal sagen, dass sie mein Ein und Alles war, denn bald kommt der Kahn und nimmt sie mit auf die andere Seite vom Leben und kehrt nicht wieder und lässt uns mit gebeugtem Rücken zurück, im Regen. Ich warte, dass sie aufwacht. Und dann warte ich nicht mehr. Ich gehe. Es ist entschieden. Wegen der Müdigkeit, der Leute in der Métro, wegen des Geruchs und der verstümmelten Leichen, wegen Skalpellen und Mäusen, wegen des Fabergé-Berichts, wegen alldem, und dann der Gedanke an ihre Qualen und ihren nahenden Verfall, nicht ganz, wenn es sein muss, wird sie schlafen gelegt, gewaschen, abgestillt, beim Arm gepackt, überall Schläuche, in Mund und Nase, wird hinübergerettet ins Morgen und wird nicht wollen, und man wird sagen, sie muss sollen, und mit den Augen rollen, und sie bräche sich den Oberschenkelhals, hätte einen Knochenbruch, und nach dem Arzt käme der Pfarrer zu Besuch, und sie wäre nicht mehr als ein Kreuzzeichen. Im Hof kräht ein Kind. Die Mutter tröstet es. Durchs Fenster ist alles wie Nebel. In meinem Kopf ist Kurzschluss. Kein Grund mehr zu leben. Im Mund Schwermetall. Alles auf einmal. Ein Türknall. Und ich reibe mich an den Schatten, durchdringe ihre Stimme, verzichte auf Bewährung, schlottere, schwitze, ich habe keine Wahl, nein, wirklich, verrückt, so zu gehen, ich hieve mich auf Augenhöhe, schreie für mich hin ohne einen Laut, ich starre ins Leere. Und die Ewigkeit zerreisst sich in der Atmosphäre! Und dauert die Zeit! Und dann aus! Ich gehe. Für immer. In echt. Ich verlasse sie. Sie kommt nie mehr an die Flüsse und Seen, wird nie mehr die Ozeane und Nordmeere sehen. Alles ist kalt. Jetzt und in Ewigkeit.

»Quai des Orfèvres.«

Ein Stückchen Scham haftet mir an der Haut und erzählt mir so eindrücklich von ihr, dass ich sie viel gegenwärtiger spüre, als wenn sie an meiner Seite wäre. Ich denke an alles, was ich ihr zugemutet habe, angefangen an dem Tag, als ich mir die Lunge aus dem Leib hustete, zwei Tage Fieber, nachdem ich diese wilden Lianen geraucht hatte, die wir für echte Gitanes hielten, bis zu dem Tag, an dem ich heimkehrte, fahnenflüchtig und verzweifelt, nicht mal ein Mann.

Ich komme ins Büro und bin nur Bitterkeit und Groll. Keine Lust mehr auf gar nichts. Bin einfach da, den Tod als einziges Erbe, frage mich, wie ich nicht zusammenbrechen, meinem Leben einen Sinn geben soll. Essen, trinken, schlafen, und dann wieder ein Fall, ein anderer, ein neuer. Wozu? Strolche und Mörder gibt es immer und überall.

»Wo hast du gesteckt, verdammt noch mal?«
»Was denn?«
»Du hast dir verdammt viel Zeit gelassen!«
»Scheissstau!«
»Bist du denn nicht mit der Métro hin?«
»Doch, aber … ich hab … Ach, vergiss es.«
»Der Polizeirat erwartet dich. Er führt eine Vernehmung durch. Ich weiss nicht, mit wem. Eine Frau.«
»Eine Frau? O.k., ich geh rein.«

Göttlich und aufgelöst zugleich, Ringe im Ohr und die Stimme tränenreich, also spricht die Witwe Samuel. Ich höre, wie sie, zwischen Predigt und Erlösung schwankend, sagt, ihr Mann sei zehn Männer wert, solche gebe es heutzutage gar nicht mehr. Sie drückt sich nicht, geht in die Vollen, sie allein ein ganzes Karussell, das Leben dreht! *Entschuldigung, aber gar keine Indizien, das gibt es doch nicht!* Ich höre ihr nicht mehr zu. Ich gehe, ein Fuss auf trockener Erde, der andere auf einem Teppich aus Tränen. Zum Glück werde ich ans Telefon geholt. Ein gewisser Ledoyen.

»Monsieur Blanchard?«
»Ja.«
»Oberkommissar Blanchard?«
»Höchstpersönlich. Und Sie sind?«
»Bernard Ledoyen, Polizeiobermeister aus dem zwölften. Ich habe eine schlechte Nachricht für Sie. Können Sie sofort zu uns aufs Revier kommen?«

Er kommt aus dem gleichen Stall und glaubt, ich hätte nichts Besseres zu tun, als in seinem Saftladen vorbeizuschauen.

»Ins zwölfte?«
»Genau.«
»Also, ich stecke hier gerade in einem schwierigen Fall. Sagen Sie es mir am Telefon.«
»Oh … Tut mir leid, ich habe mich nicht klar ausgedrückt. Unser Polizeirat möchte, dass Sie persönlich hierherkommen.«
»Der Polizeirat?«
»Ja, genau. Wir haben eine schlechte Nachricht. Und der Polizeirat wollte es Ihnen selbst mitteilen.«
»Und ich, wie ich schon sagte, stecke in einem schwierigen Fall. Sagen Sie es mir am Telefon.«
»…«
»Also?«
»Ihre Mutter ist tot.«

Der Arsch! Viel Federlesen macht er nicht!

»Es tut mir leid. Sie müssten jetzt aufs Revier kommen.«

Es verschlägt mir die Sprache. Meine Mutter ist nicht mehr. Ich ersticke! Es schlägt ein! Schwappt über! Verbrennt mir die Finger! Lässt das Blut gefrieren! Ich stehe auf. Ich setze mich hin. Alles auf einmal wieder da. Ein Loch im Herzen! Das Leben steht still! Folterschmerzen! Ich weiss nicht, wie lange ich brauchte, bis ich es verstand, es begriff, so richtig, meine ich. Angeblich sieht man sich irgendwann wieder, manchmal, wenn man nur genau hinhört, sprechen die Toten sogar zu einem. Ich weiss nicht. Ich glaube nicht daran. Auch wenn sie seit dem Tod meines Vaters die Jahreszeiten aufgegeben, wenn auch die Sturmglocke schon für sie geläutet hatte, von Kleinigkeiten zu Nichtigkeiten, erst das Gedächtnis, dann der Verstand, so war sie doch immer noch da, wenigstens ein bisschen, wo noch Leben ist. Mist. Erinnerungen dürfte es nicht geben. Es ist zu grausam. Als Tier leben. Immer der Nase nach. Und dann wär gut.

»Sind Sie sicher?«
»Wenn ich es Ihnen sage.«

Alles saugt mich ein, verschluckt mich, umhüllt mich, packt mich. Ich verschwinde. Breche zusammen. Ich ersticke. Kriege keine Luft. Ich bin allein und habe Angst. Die Zeit verdirbt. Ich schliesse die Augen. Ich merke genau, dass ihre Worte mich nie daran hindern werden, meinem Schweigen zu lauschen. Meine Mutter, ich habe sie nicht altern sehen. Und plötzlich ist sie tot. Nie habe ich mich so traurig, unnütz, hilflos gefühlt. Wo ich sie doch für unsterblich hielt, es darf nicht wahr sein.

»Aber warum soll ich extra bis zu Ihnen kommen? Das verstehe ich nicht.«

»Das kann ich Ihnen auch nicht sagen.«

Ihr zuliebe passte ich in der Zehnuhrmesse auf, lammfromm, Maiglöckchen und Jasmin, zu Weihnachten Orangen. Zum Geburtstag hatte ich ihr eine Blumenvase gemacht ... aber zu ungeduldig, schief und krumm, nicht fleissig genug, Basteln lag mir überhaupt nicht, nicht mal für sie. Wie viele Blumenvasen würde ich ihr jetzt schenken? Und Orientperlen?

»Und das lässt sich nicht am Telefon besprechen, mit Ihrem Polizeirat?«

»Nein.«

»Gut, ich komme.«

»Danke, Oberkommissar, wir erwarten Sie.«

Mein Lächeln auf dem Klassenfoto, das verdanke ich ihr. Ihre Unschuld war ihre Art, zu sagen, ich hab dich lieb. Überall Feenzauber, immer. Nur bei der Beerdigung meines Vaters habe ich sie weinen sehen. Eine weinende Mutter, das ist wie eine Sturmflut, reisst alles mit sich. Von nun an werde ich sonntags und an Feiertagen andächtig an ihrem Grab knien. Was wird das bitter werden, wenn Gewissensbisse und Erinnerungen ineinanderfliessen.

»Aber ich kann nicht lange bleiben, das sage ich Ihnen gleich.«

»Verstanden.«

Wenn wir mit dem Essen fertig waren, machte sie alles allein, und ich ruhte mich aus, das störte sie nicht, sie hatte ja sowieso nichts anderes zu tun. Und ich, Komplize dieses Schwindels, sagte nichts. Nicht mal danke. Nirgends ist man so feige wie bei der eigenen Familie.

»Paul … Entschuldige, aber ich muss weg, tut mir leid …«

Sie sang oft, und ich sagte, dass es falsch klinge, nur damit sie aufhörte. Ich konnte das nicht ertragen. Eine singende Mutter, das ist, als ob das Leben sich vor einem auszieht.

»Was soll denn das? Du solltest doch …«

»Meine Mutter ist gestorben.«

»Deine Mutter …«

»Tut mir leid. Ich muss los, erklär's dir später.«

»O. k.«

»Danke.«

»Ja, also, mein Beileid, meine ich.«

Ich war vielleicht sechs, als wir in Pisa und Florenz waren, der Turm und die Kathedrale, Bologna und Grosseto. Es duftete nach Ferien und Meer, nach Passionsfrucht und Pinien. Ununterbrochen wurde gestikuliert und palavert. Es gab Dächer in Amarant und Zinnoberrot, Fuchsschwanz und Ochsenblut, wie man sie in Toulouse an manchen Regentagen sieht. Aber sie konnte nichts geniessen. Sie sah nur mich. Stets besorgt, meine liebe kleine Maman. Willst du das Gedicht von den Königskindern hören? Ich kann es dir gleich aufsagen.

»Und ich frage Éloi, ob er mich fährt. Tut mir wirklich leid.«

»Nun hau schon ab!«

Ich denke an einen ihrer Briefe zurück, einen von denen, die sie mir während meiner ersten Ferienlager schickte, *mach dir keine Sorgen, ich bin ja da, zieh dich warm an.* Was mache ich jetzt mit all den Worten? Ich sah sie nirgends, ich seh sie überall.

5

Weil sie zu spät kam und das Licht gerade ausgegangen war, glaubte Michel Bassari an einen Zufall, als sie sich neben ihn setzte. Da kann man ihm keinen Vorwurf machen. Sie wirkte besorgt, beunruhigt vielleicht, schwer zu sagen, immer wieder schlug sie kurz die Beine übereinander, beugte sich vor und lehnte sich zurück, steckte eine Haarsträhne fest, er unterdessen beobachtete die dort vorne, die wegen einer Tirade zitterten. Er musterte die Gesichter. Ein Kleiner, Pausbäckiger, der sich nicht gerade hielt, kein Leuchten, keine Hoffnung, kaum auf der Welt und schon traurig, Wollpullover, runde Brillengläser, aufgedunsener Bauch, widerlicher Anblick, da fragte man sich, warum die Eltern ihn so vollstopften, die Gene sind immer bloss eine Ausrede, eine zögerliche Stimme, ein verdorbener Monolog, mit tausend Niederlagen gespickt, grelle Vibrationen und ausgewalzte Pausen, machte sich Appetit, ehe er geschlagen wurde, der Arme. Und eine Hübsche, Rattenschwänze, immer in Bewegung, einen Finger in der Nase. Und noch eine Dritte, gross, zart wie ein Windhauch, Zahnspange, sie lispelte ein bisschen, *man ftirbt oft ganf unvorhergefehen, ich liebe fie.* Und noch so viele andere. Er malte sich ihre Zukunft aus, was sie später mal machen würden, Liebschaften und Scherereien.

Schliesslich betrachtete er seine Tochter, *das ist was ganz anderes!,* wie sie alles Licht für sich beanspruchte, Feinsinn zum Aufständeanzetteln, sämtliche Emotionen, bald karg, wild oder treulos, *da steckt was dahinter!* Dann blieb sein Blick mit einem Mal, denn sie hatte sich erneut vorgebeugt, an seiner Sitznachbarin hängen, die ein Loch in der Bluse hatte. Vielleicht eine Motte. Oder Ungeschick. So was geht ja schnell. Schlagwetterexplosion, na bitte, sie erregt ihn, fesselt ihn, fängt ihn ein. Oh, Unvorsichtiger! Die Dämonen in Habachtstellung! Höllenträume! Ihr BH-Träger war heruntergerutscht, und ihr Nacken bot den Abdruck eines leichten Sonnenbrands. Was hatte sie an dem Nachmittag gemacht? Auf welchem Boulevard hatte sie ihren nackten Rücken spazieren geführt? Jedes Mal, wenn auf der Bühne einer seinen Schmerz zur Schau stellte oder über ein Wort stolperte, senkte sie den Kopf, biss sich auf die Lippen, hielt den Atem an und lächelte, selig und bestürzt zugleich. Er dachte, sie sei vielleicht die Mutter der Lisplerin, aber liess trotzdem weiterhin die Bürde seines Blickes auf ihr ruhen. Es belustigte ihn, wie sie sich kleiner machte. Für Misanthropen steckt im kleinsten bisschen Unterhaltung.

Das war bei der Abschlussfeier der Schule Notre-Dame-de-la-Garde. Alle beide sahen sich die Aufführung an, in der ein Dutzend Kinder in historischen Kostümen sich mehr als schlampig auswendig gelernte Stichworte zuwarfen. Theaterspielen will gelernt sein. Dann kam die Rede der Direktorin, fade und konventionell, gefolgt von Gebäck und Häppchen. Dabei machten sie nähere Bekanntschaft. Wie geplant. Nur dass er nichts davon wusste.

»Kennen wir uns nicht von irgendwoher?«
»Nicht gut genug für meinen Geschmack.«

Banalität trifft Kühnheit.

»Michel Bassari.«

Sie lächelte. Und er fand das köstlich. Nicht dass es ihm an Bekanntschaften mangelte, doch seit der Scheidung hing vor allem eine sehr an ihm, die Flasche. Ausschliesslich Rotwein. Meistens Saint-Émilion. Seit vielen Monaten machte er seine Milz platt, die Speiseröhre ein Brand, Eingeweide wie Hack, Galle auf dem Waschbeckenrand. Ein echter Kummersack. Jeden Abend, als wäre er gerade wieder aus dem Krieg heimgekehrt, brach er nach der Arbeit auf dem Sofa zusammen, schlürfte genüsslich seine Abhängigkeit und goss dann, weil er nicht allein absaufen wollte, ein, zwei Gläser ins Aquarium auf der Wohnzimmerkommode. Prost! Dabei waren die Fische ein Vermögen wert. Anschliessend hing er vor dem Fernseher, seine einzige Landschaft, und gärte über seinem Elend. Ab und zu hörte er, wie das junge Pärchen von nebenan die Wände wackeln liess, Schmuserei hier, Liebesgeflüster da, das ist ein Winden, Wimmern und Hicksen, stundenlang schleckten sie sich die Kauleisten ab, Saft in den Mündern, rubbelten einander die Schleimhäute, bestiegen sich, packten zu, Stossverkehr. Anfangs hatten ihm das spontane Ringelreihen und die plakative Ungeniertheit noch gefallen, aber nun stellte sich doch sehr schnell die Eifersucht ein. *Ruhe, Herrgott! Es reicht!* Danach schleppte er sich meist ins Schlafzimmer, sass allein auf dem Bett, Einbahnstrasse zum Erguss, wo er endlich einschlief, die Träume auf Fahnenflucht. Am nächsten Morgen schüttelte er den Kopf, fluchte zum Himmel, wechselte das Hemd, fischte die Fische aus dem Wasser, die nicht überlebt hatten, warf sie in eine Plastiktüte, verknotete das Ganze und machte sich auf Schleichwegen davon, die er nie wieder nehmen wollte. Vom Leben der anderen hatte er nicht mehr viel Ahnung.

»Alana Wilson.«

Ab da ging alles sehr schnell. Das *Kann ich dir was zu trinken holen?,* das *Wo steht Ihr Auto?,* es war nicht so, dass sie es nicht gesagt hätten, aber sie waren schon weiter. Ihre Mutter passte auf die Tochter auf. Angeblich.

»Ich bin frei. Ganz und gar.«

Sagte sie mit starkem Akzent, in keiner Weise entzückt, in jeder Hinsicht in Eile. Als würde man Zeit sparen, wenn man die Wörter verschluckt.

»Geht das bei Ihnen immer so schnell?«

»Nur bei Männern, die ich interessant finde.«

Er rief seine Exfrau an, glücklich, ihr endlich einmal ausserplanmässig die Frucht ihres Schosses aufzuhalsen, *du kotzt mich an mit deiner Scheissplanung!* Sie fahren zu ihm. Er wohnt ganz in der Nähe. Mochte auch das Gegengewicht eines altmodischen Aufzuges sich nur langsam in Gang setzen, sie warten nicht mit dem Berühren, Küssen, Hochfahren. In der Wohnung liegen Kleider auf dem Boden herum, und ranzige Käsegerüche hängen in der Luft. Aber das bemerken sie nicht einmal. Sie zieht ihn rasch aus, Finger wie Brandwunden, und legt ihn im Schlafzimmer auf das schmiedeeiserne Doppelbett mit Baldachin, so was sieht man kaum noch. Und während es den Spitzenvorhängen, berührt von einer gerade erst aufgekommenen leichten Brise, Freude macht, unablässig zu flattern, miteinander zu spielen wie zwei unschuldige Kinder, wirft der Mond, schamlos und neugierig, tausend weiche Strahlen auf ihre nackten Körper. Im Weiss dieser Frau findet er Besänftigung für seine Jugendphantasien. Aber er vergisst diese Überlegungen sehr schnell und widmet sich subtileren Spielen. Er liebt das Vorspiel, kann gar nicht genug davon kriegen. Sich an sie schmiegen, in ihren Blick eintauchen, eins werden und den Atem anhalten, Lippen auf Lippen, Zunge um Zunge, seinen Speichel verstreichen, in den Ritzen verweilen, so tun, als würde er aufhören, aber doch weitermachen, immer weiter, leidenschaftlich und draufgängerisch zugleich. Und dann ihren Mund einsaugen, verschlingen, ersticken, den Atem rauben, keine Luft mehr, abgestanden, stickig, ein Gewitter bricht los, mit seiner Hand ihr Haar aufmachen, mit seiner Haut die Zeit anhalten, ihre Wange streifen, ihre Lider, ihre Stirn, ihren Hals halten, die Zähne hineingraben, in ihren Rücken, ihren Hintern, und tief Atem holen, wiederkommen lassen, das Leben und die Versuchung, das Verlangen und die Lust, noch stärker, noch härter, noch brutaler, *komm her, nicht bewegen, ich will dich!* Dann den Hals hinunter zu den Schultern, lauschen, wie ihr Leib erschauert, auf sich warten lassen, sich mit ihr winden, zwischen ihren Schenkeln verharren, von ihrem Weihwasser kosten, dabei die liebliche, fruchtbare Erkundung fortsetzen, leidenschaftlich krepieren, Seufzer entladen sich, Stunden verfliegen, ihre Taille, ihre Hüften packen, in ihre Brüste beissen, den Moment hinauszögern, noch ein bisschen, noch nicht ganz, und dann in ihren Schoss hinein, dort vergehen mit Haut und Haar, bei ihrem kurzen Schrei erzittern, es kommt, ihr Duft ist das Schafott, trockene Kehle, auskosten bis in den Tod, sie schwitzt, sie kondensiert, sie jubiliert, es ist ein Auf und Ab, das letzte Gefecht, Grossmanöver, raus, rein, es fliesst, läuft über, versinkt, streichelt, nicht genug Arme, nicht genug Füsse zum Berühren, Anfassen, nicht genug Münder, es fehlt an allem.

Plötzlich beendet sie abrupt jede Liebkosung, Bewegung, Mühe. Nimmt seinen Kopf in die Hände, legt, wie eine Mutter beim Kind, ihre Lippen auf seine und beisst ihm fest auf die Zunge. Das ist Feinarbeit! Schnell! Sauber! Die Schlampe! Der Blitz schlägt ein! Hier ist der Todgeweihte, in Ketten und Kugel. Der Schmerz durchdringt, durchbohrt, zermalmt. Er stirbt. Ganz sicher. Nein. Vielleicht. Er weiss es nicht. Alles stürmt auf ihn ein, schwimmt nach oben, kommt hoch, das Leben zieht vorüber, Traum und Rausch, von der Kindheit bis zum Biss. Kalt über den Rücken. Verzweiflung, die ihn feige übermannt. So dass er nicht mehr weiss, wo er herkommt. Um verlorene Paradiese fleht. Tiefgefrorene Gedanken. Sich wehren wollen, schreien. Aber er kann nicht. Oder nur ganz wenig. Er windet sich vor Schmerz. Ein weissglühendes Eisen. Spanisches Fieber. Verbrennen. Zerreissen. Er verbiegt sich. Auf der Rue des Lilas, erinnert er sich, machten ihm die Nutten schöne Augen, ein bisschen Kajal um die Brustwarzen, das Mal der anderen, sich den Leib durchbohren, um das Elend der anderen zu befriedigen. Er schwitzt, es rinnt ihm in die Stirn. Er sühnt, mit dem Tod per du, implodiert, kann nicht, verflucht, verlässt die Welt, kommt zurück, tut Busse, bereut, sich versündigt zu haben, fleht, *Sie nehmen doch noch was von meinem Schwanz, Madame,* eine Venusfalle, *ich bin nur auf der Durchreise,* es trieft, *ich respektiere Sie, glauben Sie mir.* Hier wird ein Mann belästigt! Ein Hund umgebracht! Und nun kotzt er. Aus dem Mund, der Nase, sogar aus den Augen. Alles kommt raus. Das Lamm, das er vorhin gegessen hat, obwohl zart, sehnig nach Wunsch, noch ganze Fleischstücke. Es riecht abgehangen, faulig, nach ausgeweidetem Gedärm. Dazu Bier, nahrhaft und fruchtig, jetzt Galle wie Pisse. Heftige, ruckartige Kotzanfälle. Und bald würden die Fliegen kommen. Und dann die Geier. Schon ist er nur noch ein Skelett im Massengrab. Morgen wird er bestattet, Rue Saint-Sauveur. Er ist wütend auf sich. Sekunden wie Halsabschneider. Die letzten Erinnerungen entschwinden. Er macht sich frei. Hat keine Kraft mehr zum Schreien. Es ist zu spät. Ein Erdbeben. Nur das und nichts anderes. Sein Kopf zerspringt! Es hämmert! Er krallt sich fest! Stürzt! Alles verschwimmt! Der Hass flackert noch ein wenig. Alles, was ihm bleibt. Er verliert das Gleichgewicht! Klammert sich ans Kissen. Die Finger kribbeln, ziehen sich zusammen, graben sich ein. Eine Qual! Er röchelt. Gibt sich Gott anheim, den Paradiesengeln, den Höllenheiligen. Und dann kehrt sein Atem nicht zurück. Es wird schwarz. Und weiss. Ein Kadaver kippt nach hinten. Er stirbt genau um 23 Uhr 45. Ein einziges Herz ist zu wenig für ein ganzes Leben.

6

Je näher wir dem Revier vom zwölften Arrondissement kommen, desto mehr verliere ich meine Farbe. Meine Lippen zittern leicht. Vor zehn Jahren habe ich aufgehört zu rauchen. Ich bitte Éloi, bei einem Kiosk anzuhalten. Ich gehe hinein, *Gitanes, bitte.* Eine Zeitung kaufe ich auch, das Unglück der anderen lesen. Ich trete hinaus. Stecke mir eine an. Ich huste, räuspere mich gründlich, huste noch mal. In der Ferne braut sich ein Unwetter zusammen. Schon donnert es. Die Sonne verbrennt, was an blauem Himmel noch übrig ist. So bleibe ich, allein. Bei einem Strauch fliegen Vögel auf. Ich rauche noch eine. Bringt einen im Leben nicht weiter, aber hat was Tröstliches. Und dann, abseits der Welt, ehe ich wieder zu Éloi ins Auto steige, rufe ich meinen Sohn an.

»Hallo, Mathieu?«

»Papa? Bist du das?«

»Ja.«

»Oh, super! Lange nichts gehört! Das ist aber schön. Wie geht's dir?«

»Gut. Hör zu, Mathieu. Ich bin unterwegs zum Revier. Ich wollte dir sagen …«

»Du, ich versteh dich kaum.«

»Schlechter Empfang. Tut mir leid, Mathieu, hör mal …«

»Kannst du ein bisschen lauter sprechen, Papa?«

»Nein, kann ich nicht. Mein Kollege ist in der Nähe. Und ich hab nicht viel Zeit.«

»Klar, kein Ding … dann später … morgen … wann du magst.«

»Mathieu, lass mich ausreden! Ich bin unterwegs zum Revier …«

»Auf Arbeit?«

»Nein, wegen … Hör zu, du musst jetzt stark sein.«

»Wie bitte? Hallo?«

»Hörst du mich?«

»Ja, jetzt ja. Also, du gehst grad auf Arbeit, oder wie?«

»Nein, ich fahre aufs Revier vom zwölften, hörst du, nicht zum Quai des Orfèvres. Gut, also. Du musst stark sein.«

»Wovon redest du bitte?«

Fortan wird Mutter Erde sich um meine Mutter kümmern. Wie oft hatte ich sie nach Lille eingeladen, vorgeblich um sie zu sehen, dabei war sie bloss Mittel zum Zweck. Geld brauchte ich, nichts weiter. Wie oft habe ich sie in dem schlampigen Bistro am Botanischen Garten warten lassen? Heute bereue ich es. Und schäme mich. Und weine. Meine Mutter, mein verlorenes Paradies.

»Also, es geht um Grossmutter … Sie ist heute Nachmittag gestorben.«

»O nein.«

»Hör zu, was ich dir zu sagen habe, ist schrecklich. Du musst stark sein.«

»Das hab ich doch verstanden. Grossmutter ist heute Nachmittag gestorben. Ich kann es nicht glauben.«

»Mathieu, stark sein musst du jetzt gleich. Grossmutter wurde umgebracht. Und zwar von mir. Es tut mir leid, dass ich dir das so vor den Latz knalle. Niemand wird etwas davon erfahren, sie haben keine Beweise, aber du, ich wollte, dass du es weisst. Ich war vorhin bei ihr. Und als ich sie da so sitzen gesehen habe, weisst du, nur noch Haut und Knochen, und die Haare klebten ihr an der Wange, und ihre Augen, da hat es mich einfach gepackt. Du hättest ihre Augen sehen sollen. Und die ganzen Medikamente, die sie genommen hat. Sie hat zu viel gelitten. Ich konnte sie nicht so zurücklassen … Bist du noch da?«

»Was?«

»Ich verlange nicht, dass du mich verstehst. Ich weiss nicht, was mich geritten hat. Aber ich bereue es nicht. Ihr Alltag, das war nur Leben von der schlimmsten Sorte. Von der schlimmsten Sorte, begreifst du das, Mathieu?«

»Mensch, hör auf, Papa!«

»Und weisst du was, wenn ich wüsste, dass du dazu fähig wärst, würde ich dich bitten, das Gleiche für mich zu tun, wenn es einmal so weit ist.«

»Du spinnst! Du spinnst komplett! Das kann nicht sein! Ich glaube dir kein Wort.«

Ich dachte lange Zeit, ich sei wie alle anderen, ganz normal, nichts Besonderes, die Welt voller Waschlappen, schön brav, alle voran und ich hinterher, ein Schaf, aber heute weiss ich, ich bin ein Mann! Ein Held! Mein Credo! Mein Confiteor! Der Glaube hat noch nie vor dem Verbotenen bewahrt. Und ihr, deren Feigheit die Gedärme brandig macht, lauft, flieht, türmt. Rebellen, Don Quichottes, de la Vegas, die gibt es nicht! Nur kleine Leute beschliessen eines Tages, sich aufzulehnen. Und basta! Weil wir nämlich Angst haben, so sieht's aus, ins Loch zu fallen, mit dem Lärm zu verschmelzen. Also halten wir uns zurück, trauen uns nicht, weder Lachen noch Weinen, weder Leben noch Blut, weder Hunger noch Durst, weder Schreien noch Singen, Idioten bis zum Schluss. Zum Glück ist auf mich Verlass. Generäle meines Schlages, von denen brauchte es mehr! Ich habe sie getötet, sie, die litt, die schon bald ihre Lunge ausgehustet hätte, ausgeblutet wäre, mit ihrem totenähnlichen Aussehen, der entstellten Gestalt. Ein Bild des Unglücks. Ganz einfach. Da gibt's nichts zu verstehen. Schluss! Kein Leiden mehr! Es ist einfach so passiert! Auch wenn ich ihr lieber in die Augen geschaut hätte, damit sie die Tränen sah, die mir aus den Höhlen liefen, auf die Lippen tropften und alles mit sich fortnahmen. Aber was soll's. Ein Blackout. Und ein Leben ist nicht mehr.

»Mathieu, hör mir zu, Mathieu … Bist du noch da? Mathieu?«

Sie wollen mich sehen, haben etwas mit mir zu besprechen, ich bin auf alles gefasst. Hatte mich jemand erkannt? Wie absurd das Leben ist, solange man es in Ruhe lässt, hat man das Gefühl, als hätte man es verpasst, und wenn man es so richtig ins Schwitzen bringt, ist es nichts als Schmerz und Scherereien. Ich steige wieder ins Auto, *fahr zu.* Das Nikotin zeigt Wirkung, drückt mir die Kehle zu, explodiert im Herz. Der Asphalt verströmt wilde Gerüche. Éloi redet mit mir. Ich höre ihn nicht. Und dann sind wir da. Wir parken gegenüber.

»Warte hier auf mich, es dauert nicht lange.«

Im Revier angekommen, bin ich schweissgebadet. Es rieselt mir den Rücken runter. Die Atmosphäre ist eigentlich wie bei uns. Es wird geklaut, randaliert, überfallen, immer das Gleiche, *wie, aber ich war das nicht! Meine Schwester hat die Dampfmaschine kaputtgemacht!* Nachts wird gekloppt, die Strasse entstellt, aufgerieben die Welt, *pass bloss auf, ich polier dir gleich deine Kanakenfresse!* Gerade haben sie eine bedauernswerte Frau aufgesammelt, eine Bande Arschlöcher hat ihr zugesetzt. Wimperntusche läuft ihr über die Wangen und mischt sich mit Tränen und Schluchzern. Kaum sitzt sie, wird sie schon zum Phantom, einen Schuh in der Hand und Rotz an der Nase, gibt eine vage Beschreibung der Täter ab, Bilder, von denen sie noch jahrelang was hat. Kein schöner Anblick. Und dann fragt der Polizeiobermeister, ob es wirklich eine gute Idee war, im Minirock rauszugehen. Arsch! Als ob das Opfer die Täter erzeugt. Neben mir ein Penner, Wunden und Exkremente, abstossender Gestank, nur noch ein Perfektpartizip, er leckt sich die Finger ab und sagt immer wieder, all das sei wegen seiner Frau, ständig werde er als Hackfresse beschimpft, jetzt schau sich mal einer das Elend an!

»Guten Tag, ich wurde herbestellt.«
»Name?«
»Émile Blanchard.«
»Einen Moment.«

Wie jetzt, einen Moment? Sie haben ja vielleicht nichts Besseres zu tun, aber ich kann mich kaum retten vor Arbeit! Paris brennt, begreifen Sie das? Die, die mich hier warten lässt, hat keine Ahnung, wer ich bin, das sehe ich doch, wie sie im Dunkeln planscht, Formulare durcheinanderbringt und blinzelt. Und ausserdem leckt sich der Typ da immer noch die Finger, reckt mir jetzt seinen Arsch hin und versichert mir, dass seine Frau ihn so schnell nicht wiedersieht!

»Ich hole die zuständige Person.«

Bernard Ledoyen, derselbe, der mich vorhin angerufen hat, taucht nun auf. Ein Schatten ohne Licht. Und er bittet mich mitzukommen.

»Wir waren nicht auf einen Kollegen gefasst. Das mit Ihrer Mutter tut uns leid.«

Ein Beamter legt einer Katze eine Polizeiarmbinde um den Bauch, es ist ein dicker grauschwarzer Kater, der sich verlaufen hat und hier gelandet ist. Das finden sie zum Schiessen. Heilige Einfalt.

»So, da wären wir. Kommen Sie, Sie werden erwartet.«

Der Polizeirat hat eine Nase, die mehr als die Hälfte seines Gesichts einnimmt. Kantiges Kinn. Kleine Sperberaugen. Unordentlich geschlossener Kragen. Und seine Stimme gefällt mir nicht, wie Rollsplitt, und dabei tief. Ich spüre sofort, dass das nicht gut ausgehen wird.

»Guten Tag, Oberkommissar. Bitte, nehmen Sie Platz.«
»Guten Tag.«
»Bürgernahe Polizeiarbeit, das ist das Einzige, was funktioniert. Das sage ich auch immer zu den Kollegen.«

Was zwitschert mir der komische Vogel da?

»Ohne diese Nähe fühlen sich die Leute nicht sicher, und wir würden unsere Arbeit schlecht machen, da ginge uns so manches durch die Lappen. Aber so kommt man ins Gespräch, man berichtet uns, die Information kommt bei uns an. Das ist ziemlich praktisch. Das wissen Sie natürlich alles, nicht wahr?«
»Sie wollten mich sprechen?«

»Verzeihung, Sie haben recht, ich habe Sie nicht extra herkommen lassen, um Ihnen das zu sagen. Wir sind da, wie soll ich sagen … auf ein Problem gestossen, was den Tod Ihrer Mutter angeht.«
»Ein Problem?«

Er beugt seinen Geierkopf über das Aas, zu dem ich geworden bin. Ich sehe förmlich, wie seine raue Hand auf mich niedersaust.

»Der Nachbar von gegenüber hat uns alarmiert.«
»Von gegenüber?«
»Ja, Monsieur Ben Sala. Sein Fenster geht zum Wohnzimmer Ihrer Mutter raus.«
»Ah.«
»Kennen Sie ihn?«
»Nein.«
»Er will einen Mann bei ihr gesehen haben, kurz vor ihrem Tod. Er weiss nicht so recht, was der da bei ihr machte. Und da ihm zufolge seit Monaten niemand mehr Ihre Mutter besucht … Ist das richtig?«
»Was ist richtig?«
»Dass seit Monaten niemand mehr Ihre Mutter besucht.«
»Bestimmt, ja.«
»Ja, also, das hat ihn aufhorchen lassen. Deshalb ist er hinübergegangen. Nur war da keiner mehr. Er hat versucht, Ihre Mutter zu wecken. Und da, keine Antwort.«
»Keine Antwort …«

»Bitte?«
»Nein, nichts … Ich wiederhole, was Sie sagen. Keine Antwort. Das heisst, ein Mann wäre bei meiner Mutter eingedrungen, um sie zu töten, und Monsieur Ben Sala, der Nachbar von gegenüber, hätte diesen Mann gesehen?«
»Na, Sie wissen, wie das ist! Nicht unbedingt um sie zu töten. Ein Mann dringt bei Ihrer Mutter ein. Er will sie zunächst ausrauben. Also, das hat er vor. Und dann, ich weiss auch nicht … ein Schrei, eine Drohung … Sie wissen das doch so gut wie ich. Das geht ja so schnell.«
»Himmel noch eins!«
»Allerdings gibt es keine Kampfspuren. Verrückt wurde auch nichts. Und keine Einbruchspuren. Komisch, oder?«
»Ja.«
»Hat Ihre Mutter immer die Tür offen gelassen?«
»Keine Ahnung.«
»Und wann haben Sie sie zum letzten Mal gesehen?«
»Weihnachten, glaub ich … oder vorher … wegen der Feiertage. Ich weiss es nicht mehr. Es ging ihr gut.«
»O. k. Wir werden sehen. Aber das ist nicht alles.«
»Das ist nicht alles?«
»Hat Ihre Mutter Morphium genommen?«
»Weiss ich nicht.«
»Gegen gelegentliche Schmerzen, wissen Sie.«
»Keine Ahnung.«
»Hatte sie Diabetes?«
»Also, jetzt sagen Sie mir mal, was los ist.«

»Sie haben meine Frage nicht beantwortet. Hatte sie Diabetes?«

»Ja.«

»Hat sie sich gespritzt? Am rechten Arm hatte sie eine Einstichstelle. Wenn Sie mir sagen, sie hatte Diabetes, dann würde sich das mit Insulinspritzen erklären lassen. Ich werd den Doktor fragen. Übrigens, wir haben ihre Leiche zu diesem Zweck in die Rechtsmedizin überführt.«

»In die Rechtsmedizin?«

»Ja, für die Autopsie. Sie haben doch hoffentlich nichts dagegen?«

»Nein, natürlich nicht!«

»Gut. Das wollte ich Ihnen gern persönlich sagen.«

»Na, da danke ich Ihnen ganz herzlich.«

Meine Schläfen brennen. Gift inokuliert meine Arterien.

»Noch eine Sache. Wussten Sie von irgendwelchen Feinden?«

»Feinden? Nein, nein.«

»Kein Erbe? Eine grössere Summe?«

»Gar nichts. Nicht einen Centime. Eine echte Arme, wie sie heute nicht mehr hergestellt werden.«

»Gut. Melden Sie sich gern bei uns, wenn Ihnen noch ein Detail, eine Erinnerung einfallen sollte. Ich sage Ihnen Bescheid, was bei der Autopsie herauskommt. Das kann sehr schnell gehen, wissen Sie. Hatte sie ausser Ihnen noch andere Kinder?«

»Nein, ich bin Einzelkind.«

»Ehemann?«

»Er ist an meinem zehnten Geburtstag gestorben.«

»Genau an dem Tag, als Sie zehn wurden?«

»Genau an dem Tag.«

»Sehr schön. Also, ich meine, auf Wiedersehen, Oberkommissar.«

»Auf Wiedersehen, Herr Polizeirat.«

»Ach nein, halt. Ich brauche noch Ihre Fingerabdrücke.«

»Wieso das?«

»In Mordfällen ist das Routine, reine Routine, das wissen Sie doch.«

Das Dumme bei den anderen ist, dass man nie fertig wird.

7

Entzückender denn je, mit langem, lockigem, leuchtend rotem Haar, Stilettos und tiefrotem Lippenstift, einem Designerkleid mit tiefem Ausschnitt und Schlitz fast bis zur Hüfte, erschien Alana Wilson an diesem Abend oben auf der Treppe aus weissem Marmor, den der Architekt dieses Herrenhauses in Marly-le-Roi aus einem der berühmtesten Steinbrüche der Toskana hatte kommen lassen. Sie machte was her, kein Zweifel! Niemand, der sie so sah, hätte das Drama vorausahnen können. Er jedenfalls nicht. Sohn aus gutem Hause, unbeholfen wie kein Zweiter, aber ein begabter Mathematiker, verstand Livo Koskinen nicht das Geringste von Liebe. Er besass lediglich einen angeborenen Sinn für Empathie. Weshalb er so gut wie jeden manipulieren konnte. Ein echtes Chamäleon, *ein Feigling,* hatte seine Frau ihm mitgeteilt. Ihm war das egal, er kam immer zu dem, was er wollte. Als fürsorglicher Vater hatte er seine beiden Töchter von Kindesbeinen an in die teuerste Privatschule der Stadt geschickt. Seine Spielleidenschaft, besonders fürs Pokern, war Täuschung für seine enttäuschten Illusionen. Aus diesem Grund veranstaltete er, egal unter welchem Vorwand, so oft wie möglich Abendessen wie dieses. Es lenkte ihn ab.

Gaspard Nivelle und Monsieur Martial Métan waren die beiden anderen Gäste des Abends. Ersteren rief man bei seinem Vornamen. Gaspard, und gut. Vielleicht wegen seiner glänzenden Bäckchen und seiner schlichten und jovialen Art, mit anderen zu reden. Der Zweite bekam ein »Monsieur« dazu. Nichts natürlicher als das, vielleicht, so als Präfekt. Monsieur Martial Métan. Einzelkind, kleiner, ruhmverliebter Korporal, Klassenbester im Angeben, betrachtet sich selbst als Halbgott, Grössenwahn im Hinterzimmer. Schon als kleiner Junge, in der Zinnsoldatenphase, träumte er davon, General zu sein. Masslosigkeit macht ihm keine Angst. Er ist immer unterwegs, dubiose Ausstrahlung und sein Nuttenköfferchen als einziges Gepäck, und schnitzt sich mittels schöner Phrasen und Schmiergeldern einen Ruf zurecht, hängt sein Leben am Lächeln anderer Leute auf, verstellt sich, um sich gut zu stellen, beteuert, um sich billig zu überzeugen, so ist er nun seit zwei Jahren wirklich in Paris angekommen. Er hat braune Flecken auf den Händen, im Gesicht auch, zu viel Sonne, Ibiza und Co., die feine Gesellschaft, nur das Allerbeste. Er trägt einen schwarzen Anzug und eine Seidenkrawatte, das selbstbewusste Auftreten von Leuten der vornehmen Welt. Heute Abend allerdings wirkt er nicht ganz bei sich. Irgendetwas läuft nicht rund. Er hält sich abseits, wie Ömchens Schosshündchen, man klemmt es unter den Arm, setzt es in ein Körbchen, um sich nichts anmerken zu lassen. So hockt er neben der Heizung. Und dann, als es ans Essen geht, am Tischende, allein unter den anderen. Er schwitzt die ganze Zeit, tupft sich die

Stirn. Später am Kamin steht er gequält im Licht und wirft Alana verstohlene Blicke zu.

»Du meine Güte, was hast du denn? Bist du krank?«
»Tut mir leid. Ich bin ungeheuer müde. Vielleicht wäre ich lieber zu Hause geblieben. Macht einfach weiter. Kümmert euch nicht um mich. Ich werde mich bald auf den Weg machen.«

Im Gegensatz zu ihm lief das Gespräch wie geschmiert.

»Neulich komme ich am Canal Saint-Martin vorbei, und was sehe ich da? Ein Dutzend Obdachlose haben dort ihr Lager aufgeschlagen! Das ist unglaublich, als hätten sie einen Freifahrschein. Im Winter sage ich ja nichts, wenn man fast erfriert. Aber so, nein, wirklich! Dabei habe ich es ihm schon gesagt, dem Bürgermeister, das wirkt so liederlich.«

Anschliessend reisst Gaspard die Aufmerksamkeit an sich. Sein Steckenpferd ist die Pariser Métro. Nicht weil er sie durchstreifen, durch die Gänge flanieren, die Gerüche atmen, das Leben der Passanten ausspähen oder den Moritaten der Musiker lauschen will, auch nicht um mit Händlern aller Art zu feilschen, sich über das Schicksal der Zurückgebliebenen zu betrüben oder die willkommenen Zufälle zufälliger Begegnungen zu begrüssen, nein, das ist zu ungebührlich! Zu gefährlich! Zu widerlich! Ihn interessiert die Métro wegen der Stationsnamen.

»Gestern hab ich Châtillon–Saint-Denis geschafft, ohne abzusetzen.«
»Schon wieder!«
»Wie? Du glaubst wohl, das wäre leicht? Châtillon, Malakoff, Porte de Vanves, Plaisance, Pernety ... äh, Gaîté, Montparnasse Bienvenüe ... Varenne, glaub ich ... Nein, ich hab eine vergessen ... Ja, gut, gerade fehlt mir auch die Konzentration.«
»Du hast wirklich Luxusprobleme, weisst du das.«
»Wart's nur ab, wenn du erst ein Gedächtnis hast wie Teig!«

Man sprach auch über zeitgenössische Kunst. Livo besass eine hübsche Gemäldesammlung und sogar eine Galerie Richtung Malmaison.

»Ja, aber Kunst, das war früher! Jetzt ist es damit aus, es gibt keine Künstler mehr.«
»Ach, woher denn!«
»Da wird ein totes Pferd ausgestellt, alle vier Hufe in der Luft, und schon bist du Saalkönig! Da zieht einer sich aus, macht die Beine breit und brütet ein Ei aus, hab ich schon gesehen, wirklich, mit eigenen Augen, du wirst mir doch wohl nicht erzählen wollen, so ein Projekt hätte was mit Kunst zu tun? Jetzt bestreite das nicht! Das ist doch ein einziger Mist heutzutage! Ich kenne sogar ein Museum auf Tasmanien, das Scheisse herstellt! Hast du das gehört? Scheisse! Das ist doch irre, oder?«

In diesem Moment schaltete sich Alana ein, die sich wie Martial Métan bis dahin eher zurückhaltend und geheimnisvoll gegeben hatte, und behauptete ebenfalls, dass es heutzutage keine Kunst mehr gebe.

»Wie das?«
»Früher erleuchtete der Künstler die Welt, heute erleuchtet die Welt den Künstler. Das lehrt uns rein gar nichts mehr.«
»Da täuschst du dich, der Künstler lehrt uns weiterhin Dinge.«
»Und wie?«
»Der Fokus ist auf ihm statt auf seinen Werken, das stimmt, da hast du recht, aber eben genau darin zeigt er uns doch den Verfall der Gesellschaft auf, verstehst du?«
»Du stimmst mir also zu?«
»Ja, aber …«

Und dies … Und jenes … Das würde jetzt ewig dauern. Das fürchtete jedenfalls Livo, dem nichts über seinen liebsten Zeitvertreib ging.

»Sind wir zum Pokern hier oder zum Philosophieren?«

Es ist seine Frau, die ihn bei ihrer Rückkehr und nachdem sie das ganze Haus auf den Kopf gestellt hat, *Livo, wo bist du?,* tot im Keller findet, splitternackt, auf dem Bauch, Kopf zur Seite, ein Blutfaden am Mund, Augen verbunden, Hände und Füsse mit Kabelbindern gefesselt. Zuerst sieht man, ohne dass das Gehirn es realisiert. Und dann wird es zum Horrorfilm ihrer schlaflosen Nächte. Eine Last für die Ewigkeit.

Spät in der Nacht macht der Gerichtsmediziner diese merkwürdige Aussage: »Todesursache unbekannt [...] keine Kampfspuren [...] abgetrennte Zunge«. Was er noch nicht wusste: Nach dem Verabschieden, *macht's gut, ihr Lieben, bis bald, danke, schönes Spiel,* war Alana zurückgekommen. Sie wollte die Reste der Leidenschaft konsumieren, die sie für Livo Koskinen empfand. Zwei Jahre ging ihre heimliche Affäre schon, sie hatten dort weitergemacht, wo sie vor Jahren aufgehört hatten. Im Restaurant, im Büro, im Hotel, bei ihr, wann immer es ging. Zwei Jahre Ehebruch, das ist lange für den, der rechnen kann. Kaum war sie ein paar Meter gegangen – sie hatte sich zurückfallen lassen –, kehrte sie um und zog sich bis auf die schwarzen Stilettos komplett aus, ehe sie erneut am Herrenhaus klingelte. Laster, wie es leibt und lebt!

»Livo.«

Die Nacht ist zäh. Kein Laut kann sie durchdringen. Sie sind allein, still, schauen sich an. Im Augenblick reicht ihnen das. Erwartung ist süss. Aber nicht von Dauer. Plötzlich küssen sie sich.

»Komm schnell.«

Der Blitz schlägt ein. Sie werden einander durchbohren, mit tausend Schlägen, tausend Feuern, überall Fleischsplitter und zerbissene Lippen. Livo macht die Tür hinter ihr zu. Sie küssen sich noch immer. Es muss schnell gehen, bald wird sie zurück sein. Sie haben die Augen geschlossen. Zum Ersticken. Sehr schnell ist er ebenfalls nackt. Sie sind beide nackt. Eine Katze hat sich hereingeschlichen, aber man erkennt sie nicht. Sie kniet. Alles bebt, alles lebt, rein, raus, man schreit sich heiser, stöhnt, atmet kaum. Sie führt es ständig im Munde. Die Welt stürzt ein. Da ist Speichel, und schwitzendes Begehren. Glitschen, reiben, nehmen, umwerfen, sie sind alle Stellungen auf einmal. Das ist ein Rette-sich-wer-kann! Frauen und Kinder zuerst! Er steckt einen Finger rein, dann zwei, das tut weh. Sie haben saumässige Manieren. Sie hat jetzt zwei Geschlechter. Zwei Löcher. Zwei Orgasmen.

»Ja. Perfekt. Stopp! Nein, weiter.«

Es war an der Universität; dank eines Referats über endemische Pflanzen auf Madagaskar, das sie zufällig gemeinsam halten mussten, lernten sie sich kennen. Da von strebsamer Natur, lernte sie auswendig, was sie anschliessend vor einem aufmerksamen Publikum wieder ausspuckte. Er dagegen brachte ein paar schwurbelige Konzepte hervor, Brei statt Exaktheit. Er machte sich regelrecht lächerlich und bestand nachdrücklich darauf, es mit Versen von Paul Éluard wiedergutzumachen, wenn sie am selben Abend einen Milchkaffee im Caveau du Palais mit ihm trank.

»Ich kann mir auch Sachen merken, du wirst schon sehen.«

So im Gegenlicht, das Haar straff zurückgebunden, in einer Seidenbluse, mit übereinandergeschlagenen Beinen und einem Buch in der Hand, erschien sie ihm wie eine kleine Illusion. Und wenn nicht der starke Zwiebelgeruch gewesen wäre, der sie zwang, sich die Nase zuzuhalten und die Augen zusammenzukneifen, hätte die Szene es verdient gehabt, sich ihm auf immer einzuprägen. Er legte Pelerine und Hut ab und gestand ihr, noch bevor er sich setzte, dass er endemische Pflanzen noch nie hatte leiden können. Wegen dem, was er sagte, der Form seiner Augen und dem Klang seiner Stimme musste sie herzlich lachen. Er bestellte einen Martini rosso, und als sie gemerkt hatten, dass sie die einzigen Gäste waren, wagte sich die Unterhaltung auf die Wege der Politik und der Freundschaft vor.

»In zwei Monaten ist Wahl, wie wirst du wählen?«
»Gerecht.«
»Wie, gerecht?«
»Ich werde gerecht wählen.«
»Willst du es mir nicht verraten?«
»Sag du mir lieber: Wieso Biologie, wenn du davon nichts verstehst?«
»Aber ganz im Gegenteil, ich verstehe es wunderbar … Ich zeige es bloss nicht immer. So bin ich. Total schüchtern.«

Sie sah sich um, vergewisserte sich noch einmal, dass sie allein waren.

»Links.«
»Ich wusste es.«
»Nein, gar nichts wusstest du.«
»Doch, ich sag's dir.«
»Und woher wusstest du es?«
»Tut mir leid wegen des Geruchs, das ist so ein altes Omahausmittel.«

Das war der Barmann, der sich ein wenig verlegen einschaltete.

»Nichts vertreibt den Geruch frischer Farbe besser als ein paar Zwiebelhälften!«

Auch wenn die beiden dachten, dass diese Methode idiotisch war, machten sie weiter, als wäre nichts gewesen.

»In der Öffentlichkeit oder wenn man jemanden nicht gut kennt, sagt man immer, dass man links wählt. Das Monopol der Herzen, du weisst schon, macht einen sympathischer.«
»Gut, dann wähle ich wie du.«
»Also konservativ?«
»Genau.«

Er legte die Hände auf den Tisch und sah ihr in die Augen. Es wurde kein einziges Wort mehr gesprochen. Ein

Zeichen, ob man sich bereits liebte. Und dann wurde das Thema gewechselt. Man wagte nicht, daran zu glauben, an dieses gute Einvernehmen. Unfriede musste her.

»Glaubst du, dass es Freundschaften zwischen Mann und Frau geben kann?«
»Ich … Ja, tue ich.«
»Bist du dir nicht sicher?«
»Ich hab noch nie darüber nachgedacht. Und du?«
»Was für ein Idiot mit seinen Zwiebeln.«
»Allerdings. Komm!«

Sie tranken ihre Gläser in einem Zug aus und entschlüpften in ein paar enge Gässchen von Saint-Germain. Bei der Sorbonne hielten sie Händchen. Sie waren reif. Sie hatten einander sogar die Ehe versprochen. Aber man verspricht und vergisst.

Während sie ihr Biologiestudium mit hervorragenden Noten abschloss, verschrieb er sich, intuitiver, rätselhafter vielleicht, ziemlich schnell nach seinem Diplom der Mathematik. In den ersten Jahren seiner Karriere entdeckte er, trotz seiner Doktorarbeit und einem Förderpreis der Stadt Paris, nichts Aussergewöhnliches. Erst mit zweiundvierzig und dank seines Doppelabschlusses, da sieht man's mal wieder, nichts ist umsonst, spezialisierte er sich aufs menschliche Genom. Statistiken, Algorithmen, Wahrscheinlichkeiten. Er hatte seinen Durchbruch da, wo so viele andere scheiterten.

»Deine Frau, wann kommt die zurück?«
»Wir haben noch eine halbe Stunde. Schnell.«
»Ich liebe dich, weisst du.«
»Du liebst mich?«
»Ja.«
»Und warum sagst du mir das jetzt?«
»Damit du es mit ins Paradies nehmen kannst.«

So reichten Leben und Tod sich die Hand. Und was so intensiv war, wurde so grausam. Zum ersten Mal brachte sie einen Mann um. Die beiden anderen würden folgen. Eine Frage von Stunden. Drei Leichen in drei Tagen. Das Verbrechen ist bloss Wahnsinn.

8

Währenddessen am Quai des Orfèvres, wo gewöhnlich gewitzelt, wo gestichelt wird, Ironie statt Hohn, herrschen nun Verwunderung, Fragezeichen, Zweifel … Ihre Stimmen sind reine Mutlosigkeit, *wozu.* Verdrossen. Man weiss nicht, was man sagen soll. Man macht Pause, tut, als ob man überlegt. Aber man überlegt nicht. Als ob ihnen alles an diesem Fall entschlüpft. Der Polizeirat stellt seine lederne Aktentasche unter den Schreibtisch, lockert die Krawatte, knöpft die Weste auf. Er zählt die Jahre bis zur Pensionierung. Man schaut ihn an, Nacht im Kopf.

Und dann werde ich angerufen.

»Ah, Paul, du bist's …«

»Also, Émile, jetzt noch mal richtig, mein herzliches Beileid.«

»Danke, Paul.«

»Aber ich habe nicht verstanden, wieso du so schnell wegmusstest.«

»Das … erklär ich dir noch … Ist ein bisschen kompliziert.«

»Gut, bist du immer noch mit Éloi unterwegs?«

»Ja. Bin gerade bei Notre-Dame-de-la-Garde angekommen. Die Tochter von Bassari ist noch dort, und es ist der vorletzte Tag vor den Sommerferien.«

»Notre-Dame-de-la-Garde?«

»Ja, dort hat sie ihren Vater zum letzten Mal gesehen. Offenbar hat er während der Schulaufführung eine Frau kennengelernt und ist dann gemeinsam mit ihr gegangen.«

»Mit einer Frau? Sehr gut! Vielleicht eine Spur. Halt mich auf dem Laufenden, o. k.?«

»Natürlich.«

Das Theaterstück war ein Erfolg. Und die, die man besonders bejubelt hatte, glänzten vor begehrtem wie flüchtigem Stolz. Es wird laut geredet, auf dem Stuhl herumgezappelt, unmöglich, sich zu konzentrieren. Bloss Martine, die sich in monotonen Längen, konfusen Wiederholungen ergangen hatte, hockt zusammengekauert da und wartet nur noch auf die Sommerferien, damit man sie vergisst. Am Fenster sitzt die Tochter von Judith und Michel Bassari an ihrem Pult, unbekümmert und noch ganz freiheitsweiss, Sonnenbrille auf dem Kopf und offenes Haar, sie ahnt nichts von dem Unglück, das bald über sie hereinbrechen wird.

»Sophie Bassari?«

»Ja?«

»Kannst du bitte mal mitkommen?«

Fliegen sind emsig zugange, und von weitem ertönt das Heulen eines Martinshorns. Das Lehrerzimmer, in dem wir am Ende landen, ist viel zu klein für die schreckliche Nachricht, die sie überrollen wird. Aber der Tod sucht nicht aus. Der Tod kommt. Und das war's dann.

»Wir würden gern wissen, ob deine Mutter dich nach der Abschlussfeier abgeholt hat.«

»Ja.«

»Und war das geplant?«

»Nein.«

»Wie war es denn geplant?«

»Ich sollte bei meinem Vater übernachten, aber auf einmal sagt er mir, dass meine Mutter kommt und ich bei ihr schlafe.«

Spuren von Intelligenz und Affektiertheit hängen in der Luft. Und die Wände hallen von Krach und Moral.

»Er hat zu mir gesagt, ich soll schön brav auf sie warten. Er hat mir einen Kuss gegeben und ist gegangen.«

»Ganz allein?«

»Weiss ich nicht.«

»Du hast ihn nicht mit einer Frau weggehen sehen?«

»Nein. Ich weiss nicht mehr. Er ist halt weg.«

Also holen wir die Sekretärin. Wir bitten sie um die Liste mit den anwesenden Eltern. Aber es gibt keine. Das ist schlecht.

»Und niemand hat gefilmt? Keine Fotos? Keine Namenliste? Nichts?«

»Ich werde mich erkundigen.«

»Das wäre gut, ja. Es handelt sich um ihren Vater.«

»Ihren Vater? Michel Bassari? Was ist mit ihm?«

»Er ist tot.«

Wenn ich nicht seit Entwurf der Zeit so viele Schatten und Aufstände erlebt, wenn Madame Bassari mich nicht so schroff in die Schranken verwiesen und ich nicht meine eigene Mutter getötet hätte, wäre ich bei diesem Kind nie so direkt, so brutal gewesen. Aber man kann eben nur geben, was man selbst empfangen hat. Um die Leere auszufüllen, die nun entsteht, legen wir daher ein, zwei Holzscheite nach in dem Gespräch. Als würde Reden den Schmerz auslöschen. Wir finden Worte. Aber je mehr wir sagen, desto weniger begreift Sophie. Aschfahl. Nur noch ein weinender Körper. Nur noch ein Flohmarkt des Lebens.

In dem Moment erhalte ich einen Anruf vom Polizeirat.

»Ihr müsst ganz schnell zur Uni Paris Nanterre. Koskinen und Professor Samuel waren dort Kollegen. Das ist ein echter Anfang. Beeilt euch, ich glaub, die machen bald zu. Hast du gesehen, wie spät es ist?«

»Koskinen und Samuel … Hast du die Adresse?«

»Moment … ja, äh … 200, Avenue de la République.«

»Gut, wir fahren sofort hin. Und sonst, was Neues?«

»Nicht viel.«

»Samir und Léon?«

»Sie sind nicht viel weitergekommen. Nichts im Umfeld, nichts bei den Nachbarn. Niemand hat ihn gesehen.«

»Ein halbnackter Mann am helllichten Tag mitten in Paris, Herrgott, das muss doch auffallen.«

»Ganz deiner Meinung. Also, mach's gut, bis morgen. Schönen Abend.«

»Dir auch.«

Als wir ankommen, ist alles zu. Nur eine Frau empfängt uns, als wäre sie einzig dafür da. Knapp fünfzig, braune Haare, Pagenschnitt, leuchtend roter Lippenstift und starker englischer Akzent, die Hände auf den Hüften, sie sieht aus, als wäre sie auf die andere Seite der Freundlichkeit gewechselt, zu allem entschlossen, so von wegen *ich erwarte Sie.*

»Ich habe mich gewundert, dass ich sie heute Morgen nicht gesehen habe.«

»Aber Sie haben mich verstanden?«

»Ja, alle beide tot. Und ich sage es Ihnen noch mal, ich weiss nicht, warum.«

Sie steht an einer Laborzeile, wo bunt durcheinander Glasfläschchen mit verschiedenen Mixturen stehen, ein paar Büretten, zwei Kolben mit einer Art Zahnpasta und von zweifelhaftem Grün, ein Mikroskop, ein Computer, alle möglichen Papiere, ein Timer und so eine Art Mikrowellenofen. In einer Ecke des Raumes rennen weisse Mäuse in einem Stahlkäfig im Kreis. Es fiept immer mal und kratzt mit den Krallen an den Gitterstäben. *Ein Elend!* Ganz zu schweigen vom Geruch, derselbe wie gestern im Molekulargenetischen Labor. Am Ende ist es wie mit Polizeirevieren, alle Labore ähneln einander. An einem Wandhaken bemerke ich zwei weisse Kittel. Vielleicht von Livo Koskinen und Professor Jean Samuel.

»Das scheint Sie ja nicht weiter zu erschüttern.«

»Doch, natürlich. Das ist schrecklich!«

»Wie viele Personen arbeiten hier?«

»Hier in diesem Raum sind wir zu dritt. Aber im Labor sind wir insgesamt sieben. Ein Leiter. Zwei Doktoren. Zwei Doktoranden. Und zwei Laboranten.«

»Und der Leiter ...«

»Das ist Professor Samuel. Die zwei Doktoren, Monsieur Koskinen, Doktor der Mathematik, und ich, Doktor der Molekularbiologie.«

»Das heisst, Sie, Professor Samuel und Doktor Koskinen, Sie arbeiten hier, in diesem Raum. Und die anderen dort drüben, gegenüber, richtig?«

»Genau. Und in einem Büro den Gang runter.«

»Wissen Sie, ob die Herren Samuel und Koskinen irgendwelche Feinde hatten?«

»Keine Ahnung. Wir betreiben hier Forschung. Ich glaube nicht, dass sie Feinde haben.«

»Wegen ihrer Forschungsinhalte vielleicht?«

»Wieso?«

»Ich habe gehört, dass solche Manipulationen, also Genetik, das ist nicht gerade … wie soll ich sagen …«
»Moralisch?«
»Genau.«
»Hier ist nichts illegal, wissen Sie.«
»Nichts liegt mir ferner.«
»Was ich sagen will, wir arbeiten nicht mehr mit embryonalen Stammzellen. Die Zeiten sind vorbei.«
»Das heisst?«
»Früher brauchten wir Embryonen …«
»Überzählige?«
»Ja, genau, überzählige Embryonen, damit wir gezielt ihr Erbgut verändern konnten. Ethisch war das fragwürdig, da haben Sie recht. Aber seit ein paar Jahren verändern wir ausschliesslich Erbgut von adulten Stammzellen. Man kann uns nichts vorwerfen!«

Alana Wilson rattert ihr Sprüchlein runter, schnell, in Höchstgeschwindigkeit, holt nur halb so oft Luft wie andere. Hartnäckig fällt ihr eine Haarsträhne in die Augen, ein Schleier wie ein Tick. Sie streicht sie hinters Ohr zurück. In der Mitte des Käfigs rennen Mäuse in einem Metallrad, ermüden, richten ihre Hoffnung zugrunde. Ab und zu lässt eine sich mitreissen, macht einen Looping, und *plumps, am Boden.* Alles bricht zusammen!

»Und Sie verändern hier also das Erbgut von Zellen?«
»Richtig.«
»Und das ist gut?«
»Wie bitte?«

»Ich bin kein Fachmann, aber muss es wirklich sein, dass der Mensch der Natur ins Handwerk pfuscht, wo sie das doch seit Jahrtausenden sehr gut alleine hinkriegt?«

»Soll das ein Witz sein?«

»Was, glauben Sie, Sie könnten es besser als die Natur?«

»Die Natur kommt allein zurecht. Wir wollen es den Menschen leichter machen.«

»Indem Sie Gott spielen?«

»Meistens spielt man eher Teufel.«

»Wie das?«

»Die Natur bildet seit jeher Leben, aber mit vielen Krankheiten, Missbildungen, Mutationen, Mikroben, Viren, Tumoren, Parkinson, Degeneration, und sogar mit dem Tod.«

»Das ist Vererbung.«

Während sie sich unterhalten, schlendert Éloi herum. Er schaut sich alles an, betastet, begreift nicht alles. Niemand kümmert sich um ihn.

»Alle lebenden Organismen haben ein molekulares Gedächtnis, das an die folgenden Generationen vererbt wird. Wenn zum Beispiel eine Infektion auftritt, behält das Genom einen Abdruck davon im Gedächtnis. Und die nachfolgenden Generationen sind ebenfalls infiziert. Aber inzwischen können wir die kranken Gene gezielt durch andere Gene ersetzen. Ist das nicht unglaublich?«

»Das sind dann Transgene, oder?«

»Ganz genau. Sie beherrschen den Stoff, Monsieur Blanchard.«

»Sagen wir mal so, ich arbeite auch gerade an einem anderen Fall, für den ich so einiges zum Thema recherchieren musste. Sie denken also, indem man das Genom verändert, verbessert man das Leben der Menschen. Sie greifen aber nie über die Gene ins Verhalten ein, oder?«

»Wie meinen Sie das?«

»Ob jemand nett oder gemein ist, gutmütig oder der grösste Abschaum, glauben Sie, das ist in den Genen verankert, oder liegt das an der Erziehung, der Kultur und dem familiären Umfeld?«

»Das eine schliesst das andere nicht aus, Monsieur Blanchard.«

»Gut, gut … Zurück zu unserem Fall. Woran arbeiten Sie gerade?«

»An Stachelmäusen.«

Mein Blut pulsiert tumultartig. Eine neuerliche Schwäche, leichte Übelkeit. Aber ich muss weitermachen. Gegen die Schwere meines eigenen Körpers ankämpfen und ihn hinters Licht führen. Auf den Grund gehen und das Dunkel durchdringen.

»Wenn sie angegriffen werden, überlassen sie dem Feind ihre Haut. Und hinterher wächst sie in nicht mal einem Monat nach. Phantastisch, oder?«

»Fahren Sie fort.«

»Wir haben den Prozess der Regeneration erforscht.«

»Um ihn auf den Menschen zu übertragen?«

»Eines Tages vielleicht, warum nicht. Aber das dauerte zu lange, war zu teuer, zu kompliziert. Wir haben beschlossen, uns auf den Nacktmull zu spezialisieren. Das war vor ein oder zwei Jahren.«

»Und was ist an dem Nacktmull so besonders?«

»Etwas, was es in der Evolution der Säugetiere noch nie gegeben hat.«

»Ich höre.«

»Zunächst mal lebt er fast ohne Sauerstoff. Und er trinkt fast nie. Na ja, und bei dem Wassermangel, der auf uns zukommt …«

»Immer vorausgesetzt, dass man das eines Tages auf den Menschen übertragen kann, richtig?«

»Ja, natürlich.«

»Sonst noch etwas?«

»Er produziert eine bedeutende Menge Hyaluronsäure. Das ist eine Komponente, die die Umwandlung gesunder Zellen in Krebszellen stoppt.«

»Hyaluronsäure?«

»Ja. Beim Menschen vermehren sich Krebszellen ständig und bilden Tumoren. Bei Nacktmullen blockiert die Substanz das Krebswachstum.«

»Wirklich nicht schlecht.«

»Und vor allem hat er eine ungeheure Lebenserwartung.«

»Das heisst?«

»Dreissig Jahre. Manche Studien sagen sogar noch mehr.«

»Dreissig Jahre.«

»Sie denken, das sei nicht viel. Aber Tiere derselben Familie leben normalerweise nicht länger als zwei Jahre.«
»Mein lieber Schwan.«
»Sie sagen es. Das entspricht einem tausendjährigen Menschenleben!«
»Himmeleins!«
»Und dabei habe ich Ihnen noch gar nichts vom Süsswasserpolypen erzählt.«
»Süsswasserpolypen?«
»Ja. Der ist zurzeit Gegenstand unserer Forschung. Ein einfaches, ungefähr anderthalb Zentimeter grosses Tier.«
»Wie lange lebt der denn?«
»Raten Sie mal!«
»Hundert?«
»Länger.«
»Tausend?«
»Länger.«
»...«
»Also, er ist unvergänglich! Ewig! Unglaublich, oder? Ewig!«

Und siehe da, nun gerät sie plötzlich in Entzücken. Ihr Bauch ein einziger Tanz. Als würde es in ihr drin Freudentränen prasseln.

»Ewig. Aber ja doch, natürlich. Ewig.«
»Das ändert die Bibel ein wenig, was?«
»Bitte?«

»›Denn Gott gab seinen einzigen Sohn hin, damit jeder, der an ihn glaubt, das ewige Leben hat‹, Johannes 3,16.«

»Erklären Sie uns das bitte?«

»Im Grunde erneuert er permanent seine Stammzellen. Man spricht von ständiger Wiedergeburt. Er altert nicht.«

»Und wie macht er das?«

»Genau das wollen wir herausfinden. Es ist bekannt, dass der Mensch dieses Potential hat, aber es befindet sich im Darm, im Knochenmark und in der Haut. Man weiss, dass die Seegurke das ebenfalls kann ...«

»Die Seegurke?«

»Ja, ein seltsamer Name. Wenn sie angegriffen wird, schleudert sie dem Feind ihren Darm an den Kopf und lässt ihn sich anschliessend nachwachsen. Aber beim Süsswasserpolypen reden wir vom ganzen Körper!«

»Ja, aber das ist doch genau das, was ich gesagt habe.«

»Inwiefern?«

»In Bezug auf die beiden Morde. Es könnte gut sein, dass die Forschung, die Sie im Moment betreiben, der Grund ist.«

»Unmöglich. Auch wenn im Augenblick alle am Süsswasserpolypen arbeiten, wir teilen uns die Aufgaben.«

»Das heisst?«

»Jeder arbeitet an einem speziellen Gen und einer anderen Methode der Transformation. Anschliessend teilen wir die Ergebnisse.«

»Und Ihre Kollegen, wann haben Sie sie zum letzten Mal gesehen?«

»Samstagabend war ich bei Livo … also, ich meine bei Monsieur Koskinen.«
»Was?«

Ich glaub's nicht! Sie war am Tatort! Gütiger Himmel, wenn das mal kein Glücksfall ist.

»Mit Gaspard Nivelle und Monsieur Martial Métan. Sie können sie fragen.«

Aber das Glück ist nie von Dauer.

»Entschuldigung, sagten Sie Monsieur Martial Métan? Der Präfekt von Paris?«
»Ja.«

Diese Mitteilung erscheint mir wie ein Martyrium. Stadtbekannte, auffällige, reiche, machthungrige Männer, das verkompliziert immer alles.

»Und woher kennen Sie ihn?«
»Oh, schon sehr lange. Er war Diplomat in Belfast. Und meine Eltern auch. Da haben sie oft bei Empfängen des Botschafters zusammen gespeist.«
»Und Sie waren also Samstagabend bei Monsieur Koskinen, mit einem anderen Herrn …«
»Gaspard Nivelle.«
»Ja, genau, Gaspard Nivelle. Und dem Präfekten von Paris, Monsieur Martial Métan?«
»Ja.«

»Und warum, wenn ich fragen darf?«

»Zum Essen und Pokern. Das machen wir manchmal. Und na ja, wissen Sie, wir sind halt schon lange befreundet.«

In dem Moment scheint der Nebel sich endlich zu lichten. Und Alana wandelt sich von der einfachen Kollegin zur Verdächtigen Nummer eins. Ausserdem macht Éloi mich genau da auf eine wichtige Einzelheit aufmerksam, die die nun folgenden Fragen rechtfertigt.

»Können Sie Injektionen verabreichen, Madame?«

»Bitte?«

»Wozu brauchen Sie die Spritzen in diesem Schrank?«

»Ach, die sind für Transplantationen bei den Mäusen.«

Da ich glaube, ganz dicht dran zu sein, gebe ich mich etwas ironisch:

»Erlauben Sie, dass wir Ihnen, wie sagten Sie so schön, ein paar Gene entnehmen?«

»Aber selbstverständlich, Monsieur Blanchard, Speichel oder Urin?«

Jetzt starre ich sie an wie eine Krankheit.

»Arbeiten Sie mit Batrachotoxin?«

»Ja.«

»Ist das denn so gebräuchlich?«

»Nein.«
»Und wozu braucht man das?«
»Für Experimente.«
»Ja, das dachte ich mir.«
»Wollen Sie mehr wissen?«
»Bitte.«
»Das ist ein ziemlich starkes Gift, man kann damit die Funktionsweise von Herz und Nervensystem zeigen. Im ersten Schritt verursacht es Kammerflimmern. Anschliessend Tod durch Herzstillstand.«
»Tod!«
»Korrekt.«
»Soso ... Und führen Sie eine Liste?«
»Eine Liste?«
»Ja, über die Bestände.«
»Natürlich. Wollen Sie sie sehen?«
»Sehr gern. Und am Sonntag, sagen Sie, waren Sie zu Hause?«
»Ja, ich habe einen Film geschaut.«
»Ganz alleine?«
»Ja, ganz alleine.«

Je länger das geht, desto sicherer bin ich mir meiner Sache. Dementsprechend lasse ich nicht locker. Verbissenheit ist schon was Feines!

»Waren Sie kürzlich beim Friseur?«
»Gestern.«
»Zum Färben?«
»Woher wissen Sie das?«

»Ist Ihre Naturhaarfarbe Rot?«

»Stimmt genau.«

»Also, ich fasse mal zusammen, Sie sind Biologin mit einer gewissen Fachkenntnis und haben Zugang zu einem gewissen Arsenal …«

»Arsenal?«

»Wir verstehen uns. Sie kannten die Herren Samuel und Koskinen. Sie waren Samstagabend am Tatort und haben kein Alibi für den Sonntagnachmittag, also das Zeitfenster, in dem Professor Samuel ermordet wurde, und dann waren Sie gestern auch noch beim Friseur, ist das richtig?«

»Aber …«

»Sagt Ihnen der Name Michel Bassari etwas?«

»Michel Bassari? Nein. Kenne ich nicht.«

Sie, die so grossartig wirkte, ist es auf einmal nicht mehr. Sie, die die Stirn bot, nichts zu fürchten schien, versteift sich ganz und gar. Kein Ton kommt mehr aus ihrem Mund. Vollkommen starr. Einzig ein tropfender Wasserhahn, der bis dahin zu leise war, ist zu hören. Und wir stehen da, in menschlicher Blässe und Finsternis. Éloi und ich sehen sie jetzt genauer an. Je länger sie sich ins Schweigen versenkt, desto grösser wird ihre Schuld. Wir überlegen, sie mit aufs Revier zu nehmen. Polizeigewahrsam und Pipapo. Sie wird nicht standhalten, eine Frage von Stunden. Doch Alana zieht lediglich ihre Show ab, vor langer Zeit einstudiert und geprobt, ruhig, Ehrenkommandeurin grosser Tage. So ist sie aufgewachsen, mit Hass und Kaltblütigkeit. Der Rest ist scheissegal.

9

Auf die Beerdigung meiner Mutter war ich nicht gefasst. Dabei weiss man doch, dass es so läuft, sie sind vor uns dran, die Besten zuerst. Aber man blendet es aus, lässt es auf sich zukommen, und beim Abschiednehmen ist man dann überrascht. Schwarze Kleidung, rote Augen, vor mir das Loch. Ich gehe langsam. Abhauen ist zwecklos. Alles verschwimmt. Alles kehrt sich um. Die Dämmerung, die Schatten und die Wolken, ihr letztes Gepäck. *Soll man mich doch hineinstossen in dieses Grab, auf dass ich mit ihr verrecke!* Gestern kam zurück, und Morgen ist schon wieder gleich. Es gibt keine Tage, keine Jahreszeiten mehr. Sie erfanden Terror und Getöse, versprachen Marter und Erschöpfung, den Wahnsinn und den Schmerz. Meine Mutter hatte so viel Güte wie eine ganze Fabrik, aber zum Schluss nur noch Fetzen. Und ich, ich habe sie getötet! Ich bin ihr Schicksal, das musste so sein. Wozu noch weiterleben, wenn man auf einem Bett dahindämmert, Sabber im Mundwinkel? Und die Felder werden verwüstet und die Schafe geopfert, ich weiss schon, das Verbrechen bleibt nicht ungesühnt. Ich werde in der Ewigkeit des Nichts und des Absoluten sein. In der Hölle brennen. Was soll's. Ich werde Gischt und Brandung erfinden,

Schweiss und Blitz, werde Schreie und faulige Münder gebären. Und Unheilsraben werden über meiner sterblichen Hülle kreisen, mich mit ihren Schnäbeln durchbohren, sich mit meinem Fleisch vollfressen. Warte nicht auf der anderen Seite des Lebens auf mich, ich gehe schon wie in den Tod, es ist bald so weit. Wenn man sich vorstellt, dass man sie in eins dieser Heime mit geschlossenen Läden und dem Gestank nach Pisse und Blut gesperrt hätte. Eine Sterbeanstalt zur Belohnung. Die Altenheime sind nur ein Abbild unserer Unfähigkeit, dem Tod ins Auge zu blicken. Tanz hat man dir versprochen, stattdessen wurde Gleichgültigkeit verbrochen, eine Unterlassungssünde. Du warst von allen Seiten umgeben, aber dein Ende war einsamer als alles andere. Verbannt, verwaist, von dir getrennt, bin ich gar nichts mehr. Die Kehle zugeschnürt. Nie werde ich darüber hinwegkommen. Du bist jetzt Wachs, mit gefalteten Händen. Gestern Abend bei der Totenwache glaubte ich zu sehen, wie deine Lungenflügel sich hoben, wie ein Fiebertraum, ich dachte sogar, du atmest noch, bis eine Fliege aus einem Nasenloch kroch und keiner daran dachte, sie wegzuscheuchen. Ich sehe uns noch vor mir, du die Madonna und ich das Kind. Hinterhältiges Leben. Deine Trunkenheit diente dem Vergessen. Deine Gebete der Auflehnung. Meine Nächte werden kalt und schlaflos sein. Beim Kochen hattest du tausend Arme, tausend Münder. Hier bist du auf ewig verstummt. Ich kann nur noch unter einer Brücke leben. Labil und wackelig. Die Flut kommt und nimmt mich mit sich. Ich habe nicht mehr Form noch

Grund. Ich habe nicht mehr Namen noch Gedächtnis. Alles endet. Dein Vermächtnis ist eine Wunde. Ich bin ein armer Irrer, der sich im Kreis dreht und über sein Schicksal greint, nicht mehr. Ich habe nicht mehr Seele noch Atem. Bis in die Lymphe, bis zu den Adern unter der Haut beweine ich deinen Namen. Sie kamen von überall her.

Die Strassen sind lauwarm vom leichten Wind, manche aus Gleichgültigkeit, andere von zarten Leidenschaften erregt. Es hat gerade erst geregnet. Gerüche von Pubertät, Eau de Cologne und Gras, frisch gemäht. Rechts ist Notre-Dame-de-la-Nativité. Im Himmel ist schon wieder sie. Da fährt der Leichenwagen. Kränze obendrauf. Schweigen unten drin. Wir kommen vom Parc de Bercy. Manche gehen die Alleen aus Wasser und Erde, schweigend hintereinander, marschieren im Matsch, es bleibt an der Hose kleben, so ein bisschen Sterben im Leben der anderen ist praktisch, um das eigene baldige Ableben zu vergessen. In der Kirche erweise ich ihr die letzte Ehre. Ich stehe auf. Der Schmerz auch. Von der Kanzel aus sage ich, dass sie mein Ein und Alles war. Es tut nicht mal weh. Nichts erreicht mich mehr. Statuen geben sich die Hand, die Ewigkeit wird von Kerzen verbrannt. Und dann besprengt der Pfarrer mit dem vor Weihwasser glänzenden Wedel die Leute, besprengt die Menge, besprengt meine Mutter. Er fuchtelt gen Mittelgang und spricht über sie, als hätte er sie gekannt. So ein Hampelmann! So ein Mummenschanz!

Der Gemeindechor brummt einstimmig auf einem verstimmten Messbuch. Sie erinnern mich an den Chœur de la Salette, bei dem meine Mutter mich angemeldet hatte, *du wirst sehen,* sagte sie, *wenn du nur immer deine Aves und Vaterunser singst, wirst du am Ende schon den lieben Gott erblicken.* Der Chorleiter hatte nur Augen für seine Uhr, wählte oft moderne Stücke mit lauter Dissonanzen aus, dabei produzierten wir die doch bereits ganz wunderbar allein. Begriff nie, warum. Wir sangen aus Leibeskräften. Selbst ohne Heizung brach uns der Schweiss aus, der ganze Atem ging dafür drauf, zum Venenbersten, alles schwoll an, selbst die Pfeife in meiner Hose, die, lange vor mir, nur auf den letzten Akkord lauerte, um raus auf die Rue Balzac zu stürzen und dort auf Mélanie Reynold zu warten, eine Scheinheilige, die gerade ihre Erstkommunion gefeiert hatte und die man sich eher auf Hochglanzpapier als auf einem Andachtsbild hätte vorstellen können. Und doch war es dort, dass sie uns, Bastien, Raoul und mich, für drei Sou ihren Hintern begucken liess. Himmelnocheins, was gab das für Wallungen! Sie vor uns, Höschen in den Kniekehlen. Man macht sich kein Bild von der Wirkung, die so was hat, Engeln nachstellen und den Teufel erblicken! Manchmal durfte Bastien sogar anfassen. Nicht weil er besonders schön oder zuvorkommend gewesen wäre, sondern wegen der Geschenke, die er ihr dank des Bankkontos seiner Eltern kaufen konnte, und wegen seines Versprechens, sie irgendwann zu heiraten. Ich glaube, dann hätte ich ihn langsam und genüsslich umgebracht. Eines Tages um Weihnachten herum, Zeit der Wunder und des Glühweins, zeigte sie uns sogar ihre Vorderseite, spiegelglatt, noch kein Härchen, nichts, nur ein Spalt, erleuchtet von unseren sprachlos glänzenden Augen, unser ganz persönlicher Stern von Bethlehem.

Die Musik verstummt, und die gekommen sind, gehen. Man überreicht mir eine Kapsel mit ihrer Asche drin, Jeremiaden bis in alle Ewigkeit. Und ich, der ich noch immer Augen zum Sehen habe, sehe es. Und ich will es nicht. Wenn man bedenkt, dass da ihre Schultern waren, ihre Augenlider, ihr Duft und ihre Stimme, in diesem Aschenbecher der Gefühle, den ich halte wie ein Baby, das man zum ersten Mal im Arm hat. Ich werde so oft wie möglich herkommen. Mich hier niederlassen. Kleines Arrangement mit den Toten. Ich habe Mitleid mit mir, zu wissen, dass ich mich fortan nur noch in den Mäandern der Erinnerung an sie verlieren kann.

Mein Sohn ist da. Wir haben keine Mutter mehr, weder er noch ich. Das bringt uns einander näher. Bei Fragen und Verbrennungen.

»Ich kann einfach nicht glauben, dass du das getan hast! Verdammt noch mal, was ist denn in dich gefahren, Papa?«
»Hast du gesehen, wie die vorhin brav den Mittelgang runtergedackelt sind, diese Heuchler, diese Kröten vor dem Herrn, *Verzeihung, Madame, gehet hin in Frieden,* diese Gelegenheitsfrömmler in Sonntagskleidern, Weihwasser bis zum Hals?«

»Hör auf!«

»Meister des Schluchzens, prächtige Schniefer, das Mitleid aus allen Registern saugen und sich die Bibel ans Herz drücken, aber die Eltern sterben lassen mit wundgelegenem Rücken und Leere statt Augen?«

Und weil eine Tote zur anderen führt, denke ich an meine Frau. Und dann an meine Mutter. Und dann wieder an meine Frau. Bis sie eins werden.

»Erzähl mir mal ganz genau, wie das passiert ist.«

»Hab ich doch schon.«

Sie war halt in ihrem Wahn, das ist passiert! Derart zerbrechlich, beim geringsten Schauer liess sie sich zu Boden fallen und wälzte sich im Schlamm, verschmolz mit der vertrauten Wärme der Erde, folgte der Lebensweise einer Ameise und erzählte ihr von mir, schwang in einer Brise die Hüften, flüchtig, vergänglich, ätherisch, entzüglich, heimlich und geheimnisvoll, suchte den Himmel ab, fand Orion, zeichnete mit den Fingern eine neue Galaxie, *siehst du sie, dort oben, wie das funkelt,* und sie glaubte, was sie sagte, und verlangte, dass auch ich es sah. Wechselhaft, Einmarsch zurückgehaltener Tränen, undurchdringliche Geheimnisse ihrer Seele, ein Donnerschlag, vernichtende Abstürze, und sie legte mir Muscheln auf die nackten Schultern, gesammelt in La Baule und aufbewahrt in einem Holzkästchen mit falschen Rubinen. Und dann, in der nächsten Minute, trennte sie die Zeit auf, packte ihre Siebensachen, schrie, wir müssten jetzt los, was weiss ich, ins Schwimmbad oder zu ihrer Mutter. Sonntags pulte sie manchmal stundenlang unsere Sockelleisten ab, um *einen Vorrat an Liebesbotschaften* dahinter zu verstecken. Einmal fand sie in einer finsteren Gasse einen Globus, sie nahm ihn in den Arm, bedeckte ihn mit Küssen, nahm ihn auf wie ein Findelkind und setzte ihn auf den Balkon in die Sonne, *damit die Welt heller wird.* Anfangs wollte ich ihren Tumult zähmen und ihre Exzesse unterschlagen. Aber das gab ich bald auf, als ich gesehen hatte, wie sie jeden Abend mit erstickten Schreien starb, um am nächsten Morgen unschuldiger als ein Neugeborenes wiederaufzuerstehen; als ich gehört hatte, wie Geflüster sie überschwemmte, wie sie vor Schluchzen zitterte oder sich vor Lachen schüttelte, mit den Reliquien von früher und den Stigmata von heute, als müsse man ständig die Zukunft beschwören, auf ihrem Schweigen und ihren Schwächen bauen, das Leben vorbeiziehen sehen, ohne teilzunehmen, von tausend Umarmungen erstickt, und ich warf all meine Prinzipien zum Fenster hinaus, die Dinge reihten sich eins ans andere, in unbekannter Reihenfolge und bar jeden Ankers, ich schrie für mich selbst, der Bauch entzwei, all meine Wärme floss aus mir heraus, stattdessen drang Kälte ein, und das Herz fror mir ein.

»Sie war schon tot, das ist alles. Ich konnte nichts machen. Ein Tuch um den Hals.«

Ich erinnere mich vor allem an unsere erste Begegnung, sie hing an meinem Arm und ich an ihren Lippen. Erinnere mich an die Moules frites an der Place du Tertre und unsere glühenden Schwüre, wenn der Körper es lange vor den Augen begreift. Und ich erinnere mich noch an die Stunden, wo ich extra vor ihr aufstand, um zu duschen, den Nachtschweiss und meine ungewaschenen Gedanken loswerden, Parfum auflegen, Zähne putzen und auf Zehenspitzen zurück, als neuer Mann zu ihr unter die Decke schlüpfen, in ihre Wärme, sie atmen hören, sehen, wie sie die Stirn runzelte, sie sacht streifen, ihr Gesicht streicheln und hinauf zu ihrem glühenden Feuer, wo tausend Geräusche und tausend Geschmäcker entspringen, wo Dämonen einander umschlingen und das Paradies ihre Unschuld beneidet.

»Du hast zu mir gesagt, du hättest sie umgebracht.«

»Wen meinst du denn jetzt?«

»Grossmutter.«

»Entschuldige. Ich dachte, du meintest Maman.«

»Ja, auch.«

»Bei Grossmutter ist es einfach: Ich hab sie da sitzen sehen, ganz schwach.«

Unser Gespräch könnte Totengräber in den Selbstmord treiben.

»Ich hatte direkt davor eine eingebildete, lügnerische, kaltschnäuzige Ziege befragt, die das Leben anderer Leute besudelt! Ich hatte fast nicht geschlafen, war wie abgestorben. Und dann mein Chef und seine Autoritätsanfälle, und die Bilder im Kopf, nackte, zerstückelte Leichen, ein schrecklicher Fall, der mir zu viel wurde, und dann der Geruch …«

»Der Geruch?«

»Ja. Widerlich. Und dann hat irgend so ein Kind zu plärren angefangen. Und dann, wie soll ich sagen, Blackout, Ebbe, die Gewissheit, dass ich's tue. Ich weiss nicht. Ist nicht zu ändern.«

»Aber, Papa! Ein Mann wie du, der sein ganzes Leben lang fürs Gute eingetreten ist, mit Werten und allem, was du mir vermittelt hast? Dann war das also alles für den Arsch? Hast du mich angelogen? Okay, du warst geschockt, als du sie gesehen hast, aber ihr Zustand ist doch keine Entschuldigung!«

Ich bemerke ihn nicht gleich, aber der Polizeirat ist ebenfalls hier, nicht meiner, der andere, aus dem zwölften, und guckt mich nun an, als würde ich hier und jetzt, auf dem Friedhof, alles gestehen, von Schuldgefühlen zerfressen oder so. Ja, was glaubt der denn, dass ich die Masche nicht kenne? Man deutet was an, blablabla, man sagt, du hättest angeblich, die Gier nach Geständnissen, manchmal sogar bis zur Belästigung, also schön, mal unter uns, dazu noch Einsamkeit, warum nicht, eine Zigarette, ein Bluff, und dann zack!, jetzt haben wir dich, Bürschchen! Ins Zuchthaus! In den Knast! In den Bau! Schwarzbrot obendrauf! Geh mir aus den Augen, Mörderfratze! So haben wir auch Arnaud Bédat zum Reden gebracht. Am Ende triefte er vor Angst, das weiss ich noch genau, mit Blähungen und Seufzern und allem. Na los, ein bisschen Grips, Émile, du musst dich wehren, ins Gefängnis um die Ecke gehst du nicht. Ist ja nicht das erste Mal. Weisst du noch, in Lille, als man dich glauben machte, dass du betrogen wirst. Nichts als Gerede. Ich habe sie umgebracht, aber die werden nichts herausbekommen. Weder der noch sonst irgendwer. Und irgendwann bin ich dran, und die Sache ist erledigt. Aus! Ein Requiem für die Toten! Vorhang! Ade, du schöne Welt!

»Was macht der denn hier?«
»Wer?«
»Nicht umdrehen, da ist der Polizeirat, der, der mich befragt hat, weisst du, wegen Grossmutter.«

Er tritt heran. Spricht ganz leise.

»Oberkommissar Blanchard, es tut mir leid, dass ich Sie sogar hier belästige.«
»Darf ich vorstellen, mein Sohn Mathieu.«
»Guten Tag.«
»Der Herr ist Polizeirat.«
»Ah, ein Kollege.«
»Ich muss mit Ihnen reden.«
»Hier?«
»Ja, unter vier Augen.«
»Schön. Mathieu, wir sehen uns dann nachher, ja?«

Am äussersten Rand meiner Verzweiflung, geht mein Sohn langsam davon. Er dreht mir den Rücken zu. Wieder einmal. Und ich sage mir in Dauerschleife, dass es meine Schuld ist, weil ich mich von ihm abgeschnitten habe, Mangel und leere Stunden fürchtete. Angst vor dem Alleinsein, der letzte grosse Irrtum.

»Wir haben den Autopsiebericht.«
»Ja, und?«
»Es ist merkwürdig.«
»Was ist merkwürdig, Herr Polizeirat?«
»Sie haben Ihre Mutter gar nicht umgebracht.«
»Ach, ich war verdächtig? Das höre ich zum ersten Mal!«
»Das sind die Schuldigen nie.«
»Wie bitte?«
»Ich sagte, das sind die Schuldigen nie.«
»Ich verstehe nur Bahnhof.«
»Na ja, Sie waren nicht verdächtig, weil Sie schuldig sind.«
»Aber wessen schuldig?«
»Genau da liegt das Problem.«
»Also, Herr Polizeirat, entweder Sie reden jetzt mal Klartext, oder Sie lassen mich in Ruhe.«
»Der Nachbar, Monsieur Ben Sala, kennt Sie gut. Sie wissen ja, wie das ist, er hat Ihre Mutter immer von Ihnen reden hören und kennt Ihr Gesicht aus Fotoalben. Sie haben sich nicht gross verändert. Haben Sie einen Anwalt? Wir können Ihnen sonst einen amtlich bestellten organisieren.«

Das sagt er so dahin, als ginge es um Kuchen. Sie nehmen doch noch ein Stück? Ist selbstgebacken.

»Ich brauche keinen Anwalt.«
»Sie erkennen also den Tatbestand an?«
»Ja wovon reden Sie denn überhaupt?«
»Ganz ruhig, Oberkommissar. Ich sage nur, dass Monsieur Ben Sala Sie eindeutig erkannt hat.«

Ich kannte haufenweise Ausländer, Ben Sala hin oder her, Migranten, Dunkelhäutige, Flüchtlinge, Secondos, Illegale, prächtige Schlitzohren, exotische Bagage, x-mal, am Strassenrand, unter Brücken oder auf der Ringautobahn, Schlafsäcke und Zirkuswagen, auf gut Unglück, kleine Tricksereien und organisiertes Verbrechen, aber prinzipiell unterschied ich zwischen meiner Arbeit und normalen Leuten, hütete mich vor Berufsblindheit. Das ging auf meine Kindheit zurück. Im Haus gegenüber wohnte eine afrikanische Familie. Als sie einzogen, war das für mich ein Schock, aus Kamerun, glaube ich, oder dem Tschad. Ich hatte so viel über sie gehört, dass ich mir irgendwann vorstellte, sie würden nachts Voodoorituale abhalten, barbarischen Praktiken oder der Vergewaltigung von unschuldigen Jungfrauen frönen, Kanister randvoll mit Blut. Und dann, als ich sie besser kennenlernte, hatte ich mich in die älteste Tochter verliebt, Najat, der ich sogar versprach, zu ihrer Religion zu konvertieren. Aber jetzt wurde ich langsam wirklich sauer auf diesen Ben Sala.

»Das heisst also, ein Nachbar hat mich erkannt, und Sie kommen hierher und beschuldigen mich am offenen Grab meiner Mutter? Konnten Sie das nicht vielleicht auch später machen?«

»Ja, nun, das ist eben noch nicht alles.«

»Ich höre.«

»Da ich wusste, dass diese Zeugenaussage nicht reichen würde, habe ich, sofort nachdem Monsieur Ben Sala gegangen war, einen richterlichen Beschluss erwirkt, um Ihr Mobiltelefon abzuhören.«

Dreckskerl! Ich mit meinem reichen Schatz an Routine und Erfahrungsschlachten, der dicke Freddy, seine Tattoos und seine Blüten, wie hatte ich das nicht beachten können? Freudsche Fehlleistung und heimlicher Wunsch! Leb wohl, Unschuldiger! Dumm gelaufen! Zu spät. Zieh keinen Flunsch. Ich schlage den Kragen meines Regenmantels hoch. Unwillkürlich mache ich einen Schritt zur Seite. Bereit fürs Massaker.

»Es ist merkwürdig.«

»Was ist merkwürdig?«

»Im Laufe Ihrer Karriere haben Sie, wie ich weiss, einige Personen abgehört, damit sie einknicken. Aber sobald Sie selbst betroffen sind, vergessen Sie die grundlegenden Prinzipien. Dreimal, Oberkommissar! Dreimal haben Sie Ihren Sohn angerufen und versucht, ihn zu überzeugen, dass es richtig war! Dreimal. Wenn das kein Beweis ist, dann weiss ich nicht, was Sie sonst noch brauchen.«

Als ich Kind war, haben meine Cousine und ich uns eines Abends in einer leerstehenden Scheune versteckt, den Mund voll Kakaopulver, sich nicht erwischen lassen, dortbleiben und verschwinden, weit, tief, nie mehr rauskommen, soll doch der Wind tanzen und der Mond leuchten, um jeden Preis im Schatten bleiben, verkrochen, ganz still, und dann würde man uns vergessen.

»Sie antworten nicht?«

Ich schlucke Licht. Als stünde ich neben mir. Es rinnt mir meine Ängste hinunter. Mein Kopf explodiert. Innerlich schluchze ich.

»Gut, ich fasse zusammen. Sie fahren zu Ihrer Mutter, Donnerstag am frühen Nachmittag, und sehen, dass sie ganz blass ist, ganz schwach auf dem Sofa hockt. Sie denken an die kommenden Jahre, sie in einem Altenheim, nur noch Schmerzen, und haben Mitleid. Dann ein Anfall von Wahnsinn, ein Blackout, warum nicht, das geht ja so schnell, Sie beschliessen, ihr Leiden abzukürzen. Sie nehmen ein Kissen und ersticken sie damit. So war es doch, oder?«

»Ich höre.«

»Sie bringen Ihre Mutter um und schleichen sich davon wie ein Dieb, wie ein Mörder, der Sie ja sind. So war es doch, oder etwa nicht? Ja, natürlich war es so! Stimmt's, Oberkommissar?«

Nun fasst der mich doch beim Arm. Und ich stosse ihn weg. Und gehe ein paar Schritte Richtung Ausgang. Ich muss weg von dieser kadaverdurchtränkten Erde.

»Wie ich allerdings schon sagte, ist der Autopsiebericht gelinde gesagt überraschend. Also, Monsieur Ben Sala ...«

»Ja, ich weiss, Monsieur Ben Sala. Hören Sie, Herr Polizeirat, ich verstehe kein Wort von Ihrer Geschichte. Erst habe ich sie umgebracht, dann wieder nicht ... Ich muss jetzt los. Ich werde erwartet, das verstehen Sie doch sicher.«

»Moment! Ich bin noch nicht fertig, Sie haben Ihre Mutter nicht umgebracht.«

»Ja, und? Was wollen Sie dann von mir?«

»Sie haben sie nicht umgebracht ... Oder vielmehr, als Sie sie umgebracht haben ... Das klingt seltsam ... Als Sie sie umgebracht haben ... war sie bereits tot!«

»...«

»Ist das nicht unglaublich?«

»...«

»Sie sagen gar nichts? Ist ja klar, das überrascht, uns ja auch. Der Bericht ist eindeutig, Ihre Mutter verstarb ein oder zwei Stunden vor Ihrem Besuch an einer Aneurysmaruptur.«

Der verarscht mich doch! Das ist unmöglich!

»Es geht nun wie folgt weiter ...«

Entgleisen! Abrutschen! Freier Fall! Eine Tote töten! Das ist unmöglich! Ich habe eine Tote getötet!

»Es gibt also strenggenommen keinen Mord. Ich muss zugeben, dass mir so etwas in meiner ganzen Laufbahn noch nie untergekommen ist. Ich glaube, im Strafrecht nennt man das einen ›untauglichen Tötungsversuch‹. Sie werden also nicht für die Tat selbst verurteilt, sondern für die Absicht. Das ist es, worauf es in den Augen des Gesetzes ankommt, die Absicht!«

Eine Tote töten! Ich habe eine Tote getötet. Und soll es nicht einmal gemerkt haben? Aber wer bin ich denn? Ein Nichtsnutz, arrogant bis zur Halskrause? Scheisse! Nur der Schmerz macht ebenso blind wie das Licht.

»Monsieur Blanchard, hören Sie mich?«

Ich müsste erleichtert sein, entlastet, freigesprochen! Das war nicht ich! Es war die Natur, ich kann nichts dafür! Absolution und Freispruch, Barmherzigkeit und Verständnis! Danke, mein Gott! Aber eine Tote töten! Schlimmer geht es nicht! Eine Tote töten, das bedeutet zweimal töten! Das bedeutet schänden! Das bedeutet besudeln, ihr Grab, ihre Grabstätte, ihre Eingeweide! Eine Tote töten!

»Na, na, Monsieur Blanchard …«

Ich zerschelle! Gehe ein! Sterbe ab! Von weitem blickt mein Sohn mich an, zerreisst mir die Netzhaut, sein Blick in meinem.

»Fassen Sie sich, Monsieur Blanchard!«

Widersprüchliche Winde zerren an mir. Kranke Krähen vergewaltigen geweihte Heiligtümer.

»Für Sie gelten mildernde Umstände, und Sie stellen keine Gefahr für die Allgemeinheit dar. Ich lasse Sie daher bis zum Gerichtstermin auf freiem Fuss. Der sollte bald sein. Sie müssen aber unverzüglich Ihre Vorgesetzten in Kenntnis setzen. Haben wir uns verstanden?«

Ich bleibe stehen, einen Dolch im Rücken, schwarze Trauer, arm bis zum Ärmelausschnitt, durcheinander, panisch, wie ein gefangener Käfer, der nur noch darauf wartet, dass man ihm den Schädel zertrümmert und das Hirn auslutscht.

10

Nachdem sie tage- und nächtelang über ihren Recherchen geschwitzt, die Makel und Winkel ihres heiligen Amtes ausgelotet, sich an Einzelheiten und Bruchteilen aufgehalten und festgebissen hatten, zwischen Hoffen und Rebellieren, zwischen Schlappen und Zeremonien, trafen Alana und Professor Samuel sich schliesslich im Jardin du Luxembourg, dort, wo Schachspieler die Klingen kreuzen, ein Schlachtfeld von tausend Tjosten, und wo so manches Heer zugrunde geht, gnadenlose Niederlagen! Nieder mit dem König! Mein Königreich für ein Pferd! Man muss sie gesehen haben, diese Fanatiker der Schlacht, da sitzen sie, Auge in Auge, räuspern sich, verknoten die Knie, stampfen auf den Boden, *ein Qualitätsopfer für zwei Bauern,* Finger an den Schläfen, bereit blankzuziehen, Matadore auf weichem Boden, stecken im Schlamassel, sie teilen Schläge aus, Schaum vorm Mund, schmieden Komplotte, keine halben Sachen, mit aufgefahrenen Geschützen oder kreuz und quer, *na los, mach mich fertig,* sie sehen schlecht aus, Augen wie Grabhöhlen, Scharmützelschnappatmung, wenn ein Plan durchkreuzt wird, oder ihre Freude, manchmal verhalten, kein bisschen bange, aber von Herzen, wenn der Gegner tot umfällt, nach Zeit oder vor Erschöpfung.

Sie erinnert sich an die Hochzeit ihres Vorgesetzten. Eine einzige Katastrophe! Ein wahres Desaster! Dabei hätte man gut daran getan, auf die Vorzeichen zu achten, als bereits bei der kirchlichen Trauung der Pfarrer zu spät kam und die Eheringe, die an einem langen Faden nach unten gleiten und so den Eindruck erwecken sollten, sie fielen vom Himmel, in den Füssen des gekreuzigten Christus hängenblieben. Aber man verlässt sich nie auf Vorzeichen. Zumal das Schlimmste nach der Kirche kam, es wurde ein Autokorso gebildet, die einzige Vorgabe lautete, man möge schön brav hintereinanderher fahren, Wagen an Wagen, um zwanzig Minuten später, versprochen, an einem noch geheimen Ort einzutreffen, der herrlich und spektakulär zugleich sein würde, *ihr werdet schon sehen, wartet es nur ab!* Zwar ertönte anfangs noch Gelächter und Gehupe dieser alles in allem ziemlich banalen Karawane, doch das Drama nahm seinen Lauf, als eine rote Ampel die ganze Gesellschaft in der Mitte durchschnitt und die Letzten, entfernte Cousins natürlich, die, die man eigentlich gar nicht kennt und nur aus Pflichtgefühl einlädt, nun der Prozession einer anderen Hochzeit hinterherfuhren, die ebenfalls dort vorbeikam. Man kann sich die Szene vorstellen. Tohuwabohu, Zeter und Mordio, *was zum Teufel machen Sie hier?* Man hielt sie für Usurpatoren, Nassauer, *wie, ungebetene Gäste hier bei uns? Und die schieben sich kostenlos Häppchen unter die Nase, schaufeln sich Lachs in den Rachen?* Man schnappte sich das Mikro und fragte, wer auf der falschen Hochzeit war, zählte durch, *das gibt's doch nicht!,* und begriff das Ausmass der

Verwechslung. Mit verlegenem Lächeln, aber fester Absicht bat man das Dutzend unerwünschter Gäste, die aufzusuchen, die sie erst zu vorgerückter Stunde wiederfinden sollten, verstimmt oder verärgert, je nachdem, ob man dünnhäutig oder hochnäsig war.

Als Professor Samuel dann zum Leiter des Instituts für Psychische Gesundheit und Neurowissenschaften an der Universität Paris Nanterre ernannt worden war, wollte er die Scharte auswetzen und betraute Fachleute mit der Ausrichtung dessen, was in der Erinnerung aller der schönste Empfang in Räumlichkeiten blieb, die normalerweise eher Verteidigungen von Doktorarbeiten als Tortenhauben vorbehalten waren. Dort sah er eine einstige Studentin wieder, mit der er eine gelegentliche Korrespondenz über synthetische Biologie und künstliche DNA unterhielt, die er manchmal auf gewissen Kongressen traf und die schon bald seine persönliche Assistentin werden sollte, Alana Wilson. Sie trug eine Hochsteckfrisur, die ihrem Friseur ganz besonders schlecht gelungen war und den Ausgangspunkt ihres Gesprächs bildete.

»Ich wollte eigentlich einen Seitenscheitel. Alles muss man selber machen.«
»Ach, das steht dir doch sehr gut.«
»Originell, eine Feier im Forschungslabor.«
»Freut mich, dass es dir gefällt. Danke jedenfalls, dass du gekommen bist. Wann fährst du zurück?«
»In zwei Tagen.«

»Und warum bleibst du nicht hier?«
»Hier?«
»In meinem Labor.«
»Wie meinst du das?«
»Zum Arbeiten.«
»Oh! Ist das ein Angebot?«
»Häppchen?«
»Nein, danke, ich habe schon zu viel gegessen.«
»Sagen wir, es ist eins.«
»Gib mir ein bisschen Bedenkzeit, ja?«
»Zwei Tage, nicht mehr, ich brauche schnell jemanden.«
»O. k.«

Aus New York, wo sie als Lehrbeauftragte und persönliche Mitarbeiterin eines berühmten Professors für Zellbiologie arbeitete, zog sie in nur einer Woche weg. Am Anfang wohnte sie bei einer Freundin, in einer ziemlich schicken Fünfzimmerwohnung. Es war Liebe auf den ersten Blick. Bei der Wohnung. Und bei Nora, aus Übersee, Haut wie Milchkaffee und eine unsägliche Anmut. Sie erinnert sich gut daran. Ihre ersten Erfahrungen mit einer Frau. Zuerst trauen sie sich nicht, reden über Belanglosigkeiten, legen den Kopf schief, nach links, nach rechts, zögern, eine Hand im Haar. Sie kichern, kommen sich albern vor. Können es nicht fassen, diese aufsteigende Hitze. Also winkt man sich nur zu. Und dann kommt man sich doch näher, zunächst mit Blicken. Sich mit den Widrigkeiten des Lebens versöhnen. Und schliesslich ein Streicheln, unter Freundinnen eben, die sie ja geworden sind. Träge und duftig streicht man umeinander, sucht einander, streift einander, *oh, entschuldige!,* lächelt einander zu, *kalt heute, oder?,* schon mehr als ein Duft. Sie hat ein Tattoo oben am Dekolleté, einen Schmetterling, *zeig doch mal,* und einen Leberfleck am Hals. Brüste berühren sich. Man weiss nicht mehr, wie, plötzlich ist man vollkommen nackt. Draussen platzen die Knospen auf, die Früchte perlen vor erdrückender Schwüle. Alles explodiert.

Aber es war nicht von Dauer. Sie fand eine Einraumwohnung in der Rue Pascal. Über einem Café. Oft mischte sie sich unters Volk. Sie gefiel den Männern. Trank wie sie. Manchmal stieg ihr der Champagner über den Kopf. Man ahnte nicht, dass sie einen tiefen Schmerz ertränkte. Die ersten Arbeiten mit Professor Samuel waren nichts Aussergewöhnliches. Man musste so manche Niederlage einstecken. Auch wenn alle beide die Bakterien betatschten wie Kinder, die mit dem Feuer spielen, führten sie jeder für sich eigene Experimente durch, legten eigene Kulturen an. Unfruchtbarer war ein Labor nie gewesen. So wurde beschlossen, einen Mathematiker einzustellen.

»Wir brauchen den Besten, verstehst du. Mit Mathematik können wir was erreichen, mit einem Experten für Differentiale und Algorithmen. Und ausserdem kenne ich ihn gut.«

»Du kennst ihn gut? Ach so?«

»Ja, eigentlich seit der Uni.«

Natürlich handelte es sich dabei um Livo Koskinen.

»Kennst du ihn, oder magst du ihn?«
»Beides.«
»Dann war er also auch mal mein Student?«
»Nein, er hat sich der Mathematik verschrieben.«
»Und der kennt sich mit DNA aus?«
»Er ist der Beste.«
»Das glaube ich dir … aber ich denke, er würde nicht in unser Team passen.«
»Aha? Und wieso nicht?«

In der Ferne verschwand La Défense hinter Wolken. Sie waren allein auf der Welt. Dazu ein wenig Eifersucht.

»Weisst du, wir brauchen eine Vertrauensperson.«
»Aber ich vertraue ihm vollkommen.«
»Ja, aber ich kenne ihn nicht.«
»Gut, dann stellst du ihn eben probeweise ein. Komm schon, bitte. Du hast nichts zu verlieren.«

Und er traute sich nicht, nein zu sagen. Und so kam es, dass einfache Dinge kompliziert wurden und die Mathematik in beider Leben trat. Nichts war mehr wie vorher. Man beäugte sich misstrauisch, belauerte einander wie alte, klatschsüchtige Concierges. Livo verlangte ein Büro für sich allein. Alana ging oft zu ihm hinein. Man gewöhnte sich daran. Man blieb länger. Und weil man sich ausfragte, neckte, aneinander rieb und in Erinnerungen trieb, verliebte man sich aufs Neue. Es wäre vernünftig gewesen, dem Einhalt zu gebieten, sicher, doch an dem Tag, als man versprach, man denke ernsthaft darüber nach, machten sie eine aussergewöhnliche Entdeckung. Und so vergass man es. Oder tat zumindest so.

»Erinnerst du dich an die genmanipulierten Mäuse?«
»Die aus Block A?«
»Ja.«
»Und?«
»Ich habe ein zusätzliches Gen injiziert, P53.«
»Das heisst drei Gene statt zwei?«
»Genau. Und anschliessend habe ich Tumorbildung induziert ... Und weisst du was?«
»Nein.«
»Sie wehren den Krebs ab!«
»Wie bitte?«
»Ich sag's dir.«
»Und das ist signifikant?«
»Ja!«
»Herr im Himmel!«
»Warte, es wird noch besser. Dazu kommt noch eine antioxidative Wirkung ... es erhöht die Lebenserwartung! Kannst du dir das vorstellen?«
»Und um wie viel?«
»Über zwanzig Prozent!«
»Endlich! Endlich haben wir etwas!«

Professor Samuel findet erst keinen Parkplatz. Als er endlich, nach Brechreiz und Zusammenfahren, tiefen

Seufzern und saurem Aufstossen, einen hat, macht er den Motor aus und lässt die Hände auf dem Lenkrad ruhen. Lange bleibt er so sitzen, bewegungslos im Automobil, lauscht dem Lärmen der Stadt und betrachtet die Passanten. Schliesslich gibt er sich einen Ruck. Steigt aus. In der schwarzen Hose und dem weissen Leinenhemd sieht er aus wie ein Kellner. Er zögert noch einen Moment. Trieft vor kaltem Schweiss. Und dann hebt er den Kopf, lässt die Halswirbel knacken, Schluss mit der Grübelei! Ein heldenhafter Vorsatz!

»Du willst mir etwas sagen? Das trifft sich gut, ich dir auch. Aber bitte, fang du an.«
»Gehen wir ein Stück?«

Und so flanieren sie nun, fast wie ein Liebespaar. Sie lässt seine Hand nicht mehr los. Er wagt nicht, sich zu entziehen.

»Was wolltest du mir so Dringendes sagen?«
»Du siehst müde aus.«
»Ich schlafe schlecht zurzeit.«
»Bist du mit dem Auto da?«
»Ja, natürlich.«
»Wo hast du geparkt?«
»Nicht weit von hier, Rue de l'Odéon.«
»Das rote Cabrio?«
»Ja, warum?«
»Ich hab mich nie richtig bei dir für dein Vertrauen und die Stelle bedankt.«

»Na, na, das sind doch alte Kamellen.«

»Weisst du, ohne deine Hilfe, ohne dein Labor, ohne Livos Arbeiten wäre das nicht möglich gewesen.«

»Du hast mich doch nicht hierhergeschleift, um dich zu bedanken?«

»Warum denn nicht?«

»Weil du das auch woanders hättest machen können. Und nicht an einem Sonntag.«

»Und da bist du nun!«

»Und da bin ich nun.«

»Und hörst, wie ich mich bei dir bedanke.«

»Sag mal, ist wirklich alles in Ordnung?«

Man flaniert noch immer und bemerkt gar nicht, dass am Kiosk ein Orchester spielt. Und dann zieht die Musik die Blicke auf sich. Da hört man dann.

»Wollen wir zuhören?«

»Wie bitte?«

»Komm, wir haben doch Zeit.«

»Eigentlich nicht. Meine Frau wartet auf mich.«

Fahle Haut wie nach einer Party, müde Ringe unter den Augen, die Nase gerade und zu dünn für seine Korpulenz, roter Hals wie nach schlecht verheiltem Scharlach, breite Schultern und eine Schwäche für Wein, Schmorgerichte und Damen von der leichten Zunft, kein anderes Gesprächsthema im Kopf als seine Forschung; Alana hätte sich dieses Treffen gern erspart. Das Konzert dauert ewig, aber sie sagt nichts, weil die Worte noch nicht den Weg zum Mund gefunden haben. Kaum ist der letzte Akkord verklungen, nimmt sie ihn erneut bei der Hand, doch diesmal führt sie ihn gewandt zum Ausgang, auf der Seite vom Senat. Lange Minuten bleiben sie stumm. Sie mit ihrem grossartigen Auftreten, ihrer unerträglichen Beherrschung, dem Anflug eines Lachens um den Mund. Er ungerührt.

Nach einer Weile kommen sie zur Fontaine Saint-Michel.

»Willst du eine Münze hineinwerfen?«
»Wozu?«
»Das bringt Glück.«
»Glaubst du, ich brauche welches?«
»Man kann nie wissen.«
»Intelligente Menschen sind nicht abergläubisch, das weisst du doch. Und überhaupt muss man das am Trevi-Brunnen machen, nicht hier.«
»Glück kann man überall gebrauchen.«

Gegenüber ist die Brasserie d'Indochine. Ein Luxusrestaurant. Der Maître d'Hôtel trägt die Würde, die Kellner die Tabletts.

»Ich habe Hunger.«
»Ja, aber jetzt habe ich keine Zeit mehr, Alana. Komm, wir gehen.«
»Nein, wir essen jetzt. Und du lädst mich ein.«

Er bleibt abrupt stehen.

»Was soll das?«

Sie scheint nicht im mindesten peinlich berührt.

»Gibt es ein Problem?«
»Also hör mal, jetzt ist es genug. Sag mir endlich, was dir auf der Zunge brennt, und dann gehen wir beide wieder nach Hause.«
»Du willst wissen, was mir auf der Zunge brennt? Wie witzig.«
»Bitte?«
»Was man nicht alles so dahinsagt.«
»Du bist heute wirklich komisch. Hat es was mit der Arbeit zu tun?«
»Ja.«
»Was gibt es?«
»Bist du mit meiner Arbeit zufrieden?«
»Was? Mit deiner Arbeit? Ja, natürlich.«
»Gut. Den Rest erzähle ich dir im Restaurant. Und du bezahlst.«

Liebespaare kommen hier vorbei. Und Kinder. Und Touristen auch. Eine Menge Leute. Also gibt er nach. Kellner bieten eine gute Bedienung, *und was darf ich Ihnen zu trinken bringen?,* aber nichts auf der Welt hat Bedeutung, ausser den Worten, die da kommen sollen. Auf dem Rum-Savarin steckt eine Wunderkerze. Nebenan fliesst die Seine. An der Bar mixt man Cocktails, diabolische, entfesselte, erfinderische, zügellose Cocktails, in tausend Farben und diversen Geschmacksrichtungen, Vorboten und Vorgeschmack auf den folgenden Verfall und die Flutwelle, die ihn in keiner Hinsicht verschonen wird. Eine ebenso breite wie tiefe Kluft tut sich auf in der Kriegergier und den Jungfernverheerungen, die man besser links liegenliesse, aber denen sich beide mit Haut und Haaren hingeben werden.

Sie drückt ihren Fuss durch, von oben nach unten, und schlüpft mit den Fersen aus den Schuhen. Wie ein Geschlecht, das man enthüllt. Und er sieht nichts anderes mehr. Ihre Seidenstrümpfe, die ihn ungeheuer erregen.

»Ich weiss, dass du bei der Polizei gequatscht hast. Brauchst es gar nicht abzustreiten.«

Das trifft ihn völlig unvorbereitet, plötzlich ist ihm schlecht. Mit übermenschlicher Anstrengung hält er sich aufrecht.

»Ich will wissen, wieso du das gemacht hast!«
»Alana, beruhige dich bitte. Darüber wollte ich doch gerade mit dir reden. Es war Zufall, der reine Zufall, als ich deine Notizen gelesen habe, da habe ich es begriffen. Du erwähntest …«
»Ich weiss, was in meinen Notizen steht. Und vor allen Dingen war das privat! Herrgott noch mal! Jean! Warum, glaubst du wohl, habe ich das gemacht?«
»Bitte?«

»Und wieso hast du es Livo gesagt? Konntest du ihn da nicht raushalten?«

»Ich wollte mich vergewissern ... Ich brauchte seine Meinung ...«

»Denkst du, ich mach das zum Spass?«

»Aber ...«

»Aber was?«

»Alana! Das ist illegal! Ich kann mir das nicht erlauben! Verstehst du das denn nicht? Ich konnte nicht die Augen verschliessen und mich zum Komplizen machen, Grundgütiger!«

Er gerät ins Stottern. Der Mund wird ihm trocken. Aber dennoch fährt er fort.

»Das war meine Pflicht.«

»Hör auf! Wissenschaft bedeutet Opfer bringen! Nichts anderes! Ich hab nie darüber gesprochen, aber ich dachte immer, du siehst das genauso.«

Plötzlich packt sie den Professor und zieht ihn aus dem Restaurant.

»Komm mit, ich will dir was zeigen.«

Draussen fällt feiner Nieselregen. Und der Tag neigt sich dem Ende zu. Alles fällt.

»Wo gehen wir hin?«

»Ich hab doch gesagt, komm mit.«

Verständnislosigkeit treibt ihr die Tränen in die Augen wie Tropfen aus Blei. Sie würde ihm am liebsten das Gesicht zerkratzen, doch die Angst, dass er dann flieht, hält sie zurück. In der Rue Gît-le-Cœur unter einer Toreinfahrt fassen sie sich bei der Wut.

»Weisst du, was das ist?«
»Eine Spritze.«

Da drückt sie sich eng an ihn. Der schon fast tot ist. Sie schnuppert an seinem Hals. Ein fader, fettiger Geruch. Und flüstert ihm ins Ohr.

»Ich meine, weisst du, was da drin ist?«
»Woher soll ich das wissen?«

Zu fett, zu alt, zu schwammig, sie will nicht mit ihm schlafen. Deshalb verabreicht sie ihm als Erstes das Gift. Der knappe, schnelle Handgriff lässt ihn zurückweichen … Aber zu spät! Er bekommt keine Luft mehr, beisst sich innen auf die Wange und hat Blut im Mundwinkel. Alana jubiliert, erbebt, taumelt, vom Gefühl befallen, der Widerwärtigkeit ergeben. Anschliessend versenkt sie ihre Zähne in seinen Mund, beisst ihm die Zunge ab und empfängt seine letzten Schreie unmittelbar im Kopf. Worauf sie, dicht an ihn gedrängt, sich am siedenden Saft seines Abgangs berauscht, mit den letzten Schlägen seines Herzens verschmilzt und, als ob sie sich dem Rätsel der Erinnerung offenbarte, als ob Grauen und Verbrechen ihr auf einmal wieder einfielen, als ob sie mit allen Toten der Erde das Brot bräche, als ob sie Macht und Wissen empfinge, die bei den Enthauptungen bis zum letzten Kopf von einem Unsterblichen auf den anderen übergehen, durch die Masse an Fleisch und Knochen noch den letzten Rest seiner Angst in sich aufsaugt. Entladung! Orgasmus! Sakrament! Dann, mit blutbespritztem Gesicht, der Unterleib unter Strom, wutentbrannt, zieht sie seine Hose herunter und drückt einen langen Kuss auf sein Geschlecht. Und das Blut mischt sich mit Tränen. Und das Leben mit dem Tod.

11

Man sieht sie sonntagmorgens, am Canal Saint-Martin oder auf den Bänken des Parc Monceau, an den Trödelständen von Montreuil oder auf den Grands Boulevards, Hände in den Hosentaschen, mit wehendem Haar, sie aalen sich, bummeln, brummeln, zünden sich eine Zigarette an, spucken gegen den Wind, hasten oder trödeln herum, ich hab Hüfte, ich hab Knie, alles im Eimer, und dann ins Café, ein kleines Bier trinken und die Zeitung lesen, man sieht sie auch bei der Grossen Moschee oder bei Saint-Sauveur für ihr Heil beten, um Vergebung bitten, *Dein Wille geschehe,* manche fahren sogar bis raus aufs Land und picknicken mittags auf der Wiese, mit Karodecke, Weidenkorb, Speckscheiben und Baguettes, auf gut Französisch, wie sich das gehört, auch wenn die meisten im geflickten Schlafanzug und aufgewärmten Bratensaft vor dem Fernseher hockengeblieben sind, Kino für Arme, Schwindelei im neuen Kleid, ein Bild jagt das andere, die Nachrichten, das bildet angeblich, die Glotze hat die Liebe ersetzt, ein Zug fährt vorbei, das macht Krach, manchmal haben sie einen Hund, den sie ausführen, sie wissen nicht mehr, wer eigentlich wessen Objekt ist, sie sind nicht reich, aber auch nicht arm, das ist die Volksmenge, felsenfeste und zugleich schwammige Realität, alles durchdringt sie, nichts bleibt ihnen erspart, ihr Heil heisst Konformität, sie wohnen in Belleville oder Barbès, Montreuil oder Saint-Ouen, und wenn sie eines Tages von der Einraumwohnung in zwei Zimmer ziehen, statt Suppenküche nun ein Festmahl, glauben sie, sie hätten ausgesorgt, kleine Leute, man könnte meinen, sie wären solidarisch, dass ihre Lage sie zusammenschweisst, doch stattdessen überwachen, kopieren, beneiden sie einander, mit ihren Tricks und Perversionen, sie sind alle gleich, man muss schon sehr nah herangehen, damit man Unterschiede sieht, winzige Unterschiede, sie sind bloss ein formloser Klumpen, je nachdem, ob man sie zusammenpresst, hineintreibt oder misshandelt, ihre Grossväter waren Grubenarbeiter, Bauern oder Soldaten, Erde und Explosionen, sie aber sind nichts als Belanglosigkeiten, Selbstverständlichkeiten und Gemeinplätze, links oder rechts, Jacke wie Hose, ob man sie nun Volk oder Proletarier nennt, Spiessbürger oder Mittelschicht, sie sind eins, nur ein Block, ein Haufen, da haben sie's ja weit gebracht, mit ihren Höhenflügen von Ruhm und Freiheit, Unabhängigkeit und Wohlstand, sie produzieren nichts von Dauer, ihr Kerker ist Konsum, immer nur der Spatz in der Hand ohne Mausern, ihr Himmel ist grau, kein Wunder, dass sie Depressionen kriegen, ächzen und dass sie am Ende aus dem Leben fliessen wie Abwasser in den Rinnstein, als Paradies bleibt ihnen nur das Fegefeuer, ihre Qual kommt ohne Gitter aus, sie sind schon auf dem Friedhof zu Haus, es ist ein Tunnel, durch den sie müssen und der kein Ende hat, sie sind inkonsequent, denken nicht nach, rauchen, zählen die Kröten und knausern, suhlen sich in ihren Nöten und schlagen Schaum, sie sind nichts auf der Skala der Lust, trotz allem das Leben, sie machen Pläne, aber treten auf der Stelle, sie streben nur nach Plattitüden, sie haben keinen Leib und keine Seele und verkaufen, was sie nicht haben, für ein winziges bisschen Fortkommen, sie sind da und warten darauf, dass man sie auch noch durch jemand anderen ersetzt, sie sind, was bleibt, wenn man vom Glück nichts mehr weiss, und je mehr sie sich ähneln, desto weniger können sie sich leiden, ein Teufelskreis, sie haben nie etwas Grosses erschaffen, daran erkennt man sie sogar, aber immer noch besser, als wenn die Nachbarn es an sich raffen, das täte zu weh, wieso er und nicht ich, sie haben nie Geschichten geschrieben, und wenn, dann die fadesten der Menschheit, sie haben nie das Wort ergriffen, und wenn, dann haben sie nichts von Belang gesagt, sie haben nie Gnade erfahren, und wenn, dann so kurz, dass es keinerlei Eindruck hinterlassen hat, und wenn sie auch manchmal wettern, drohen, zetern, Schnauze voll von diesem Scheissleben, den beschissenen Sonntagen, dass Paris Dünnpfiff verursacht, weil das Chaos siegt, man vom Heu Allergien und vom Schweinefleisch Pickel kriegt, dass sich was ändern muss, und zwar so richtig, und zwar heute und nicht erst morgen, jetzt ist Schluss, machen sie am Ende doch wieder den Buckel krumm, werden kleiner, von Kleinigkeiten zu Nichtigkeiten, richten sich nach einem anderen, einem wie sie, leben nur jeden zweiten Tag, Monotonie ist ihre Welt, Verzweiflung ihre Energie, tja, und vor lauter Auf-der-Stelle-Treten, vor lauter Verheddern in billigen Tricks, vor lauter Versauern in den Monatsenden, springen manche von der Brücke, jagen sich eine Kugel in den Kopf oder legen sich die Schlinge um den Hals, an Mitteln mangelt es nicht, sie sind Trägheit, Gestalten des Nichts, sie schrumpfen ein, je älter sie werden, ihr einziger Antrieb die Rente auf Erden, ab und zu bespringen sie sich, kraxeln aufeinander, kopulieren verstohlen auf dem Boden, auf die Schnelle, auf Stubenbuffets oder Schlafzimmerkommoden, in toller Unanständigkeit, bis zur Trockenlegung des Unterleibs, das vertreibt die Zeit, ist liederlich, *probier von meiner Konfitüre, komm her, tauch ein in meinen Honigtopf, hm, das schmeckt alles so gut,* sie haben zwar bezahlten Urlaub, aber da langweilt man sich nur, allein zu Hause oder bei endlosen Familienessen, von Zeit zu Zeit sind sie natürlich auch in den Ferien gewesen, ein Leckerli fürs Hundchen, auf erstickten Strassen, an überfüllten Stränden, wo sie sich genau wie sonst zusammenfinden, sich begehren und verachten, soziale Leere macht ihnen keine Angst, sie sind plump, schleimig, kleben aneinander und werden eins, verweigern das Erhabene, verstossen die Transzendenz, das kommt ihnen nicht in den Sinn, sie streben nur nach Finsternis, und an Weihnachten sind dann Geschenke fällig, Austausch von Gefälligkeiten, nichts Ausgefallenes, sie stehen mit den Hühnern auf, putzen Zähne, schmieren sich ein Brot und klammern sich an die undurchdringliche Nacht, das zweite Frühstück unterm Arm, treffen sich in der Métro und danken dem lieben Jesus, Muhammad oder

Buddha für diese schöne Gelegenheit, und für den Kopf gibt es Umfragen, Qualitätstests, Fragebögen zur Zufriedenheit, das reicht allemal, danach kehren sie brav wieder um, stecken die Nase zurück in den Faxennapf, alles umsonst, es bleibt anonym, Land der Aufklärung, was sie auch sagen, sie sind verloren, selbst ihre Ärzte wissen nicht mehr, was sie tun, verteilen händeweise Chemie, sie haben keine Werte mehr, glauben zu besitzen, aber haben nichts, keinerlei Stil, keinerlei Talent, sie saufen alle an derselben Quelle, denselben Trögen, sie haben vergessen, wie man lebt.

Keinerlei Skrupel, keinerlei Kompromisse, einfach nur verbittert, als gehöre ihnen die Welt, die Reichen oben, die Armen unten, und zwar unbedingt und für immer, so sehen Judith Bassari und Alana Wilson die Dinge. Erstere, weil sie schwarz und zierlich das Licht der Welt erblickte, in einem Land, das helle Haut und breite Hüften liebt. Und natürlich auch wegen ihres Mannes, Biologe von internationalem Ruf, aber immer stärkerer Alkoholiker. Nachts, in Bars und Erinnerungen, nachdem die Scham über ihren Schatten geschwappt ist, torkelt er hustend und spuckend nach Hause, lässt alles laufen, wie ein Hund oder wie der Schimpfwörterregen an den Häuserwänden seines Viertels, und fällt dann in den Tränen seiner Frau in den Schlaf, der er noch mit dem Handrücken eine verpasst hat. Gewalt in der Ehe, dabei eine Hand im Höschen, dringt, selbst wenn man die Fugen überprüft, die Zwischenräume abdichtet und die Schlösser zuschmiert, ein wie Sand durch die Türritze und weckt am Ende Mordgelüste. Und bei Letzterer, Alana Wilson, kommt das sicherlich daher, dass ihre Eltern zu früh gestorben sind. Man kennt sich schlecht aus, wenn man glaubt, die Geburt allein würde dem Schicksal reichen. Aber bei ihr, hineingeboren in den Terror und die Gleichgültigkeit der irischen Kriege, reicht es vielleicht, um sowohl ihre Verbitterung als auch ihren Blutdurst zu erklären. Im katholischen Viertel von Belfast, wo die britische Armee nur hinkam, um ihre Macht zu demonstrieren, wuchs sie auf. Im Grunde hat sie also die empörten Aufschreie der Nachbarskinder gehört, Rotz an der Nase und Ziegelsteine in der Hand; sie hat die Soldaten gesehen, die sich mit der Waffe in der Faust an den Mauern entlangdrückten, Pausenhöfe in Lebensgrösse. Und wenn sie daran auch oft zurückdenkt, sie inmitten von Panzern und vermummten Männern, so kommt ein Bild doch immer wieder hoch, eins, das sie jeden Abend bis ganz hinunter in den Abgrund zieht. Sie ist sieben Jahre alt. Ein Hubschrauber fliegt über Barrikaden. An einer Wand steht mit weisser Farbe: *IRA, erinnere dich!* Ein Panzer fährt vorbei, er wirbelt Staub auf, wird unter Beschuss genommen. Selbst ein Hund mischt mit. Sie kommt mit ihrem kleinen Bruder aus der Schule. Auf einem Podest wird gejubelt, Schreie nach Rache, Gewalt anfachen. Vom anderen Strassenende kommen ihre Eltern vom Markt. Stolz schreiten sie im Sonntagsstaat daher. Beinahe unwirklich bei der Kulisse. Ein Auto brennt. Man sieht es nicht richtig. Sie sind daran vorbeigegangen. Die Feuerwehr war da und ist wieder gefahren.

Niemand kümmert sich weiter darum. Zur falschen Zeit am falschen Ort. Er konnte gut singen, ihr Vater, jene Melodien, die man wie Gebete vorträgt, eine Hand auf der Brust, die andere auf der schwarzen Fahne der Bewegung. Und er hat seine Kameraden nie verraten. Am Vortag liess man die Waffen sprechen, selbstgebastelte Bomben zwar, aber Tötungsmaschinen allemal. Es gab Hausdurchsuchungen und Verhöre. Und da lediglich unbrauchbare Geständnisse herauskamen, rächte man sich. Und zwar ganz furchtbar. In dem Auto wird ein Sprengkörper vergessen. Absichtlich. Und der zerreisst ihre Eltern. Und sie ist dabei, und sie sieht alles. Fleischfetzen zu ihren Füssen. Ein Geruch wie gegrilltes Schwein. Das würde nie wieder weggehen. Sosehr sie auch schrubbt. Ihr Bruder schreit wie von Sinnen. Und während man am selben Abend in der Krypta von St Anne's Cathedral ihre Mutter in Blumen und Musselin hüllte, siechte ihr Vater noch lange auf einem Krankenbett vor sich hin, ohne dass sie, zitternd und zornig, etwas tun konnte, die Medizin in der Unmöglichkeit, vom Todeskampf bis zum Zerfall, Morphium in den Armen und überall Schläuche, im Mund, in der Nase, und dazu ein beissender Geruch, der seine ganze Seele umgab. Oben auf einem Hügel, auf dem katholischen Friedhof der Stadt, ruhen sie in Frieden. Seither sind bei ihr, mit stetig wachsendem Genuss, Liebe und Ekstase gegenüber Männern, der Armee und jeglicher Hierarchie mit Auflehnung und Gewalt verbunden, und dort entsprang auch ihr Interesse für alles Lebendige. Sie reisst Libellen die Flügel aus, schlitzt die ersten

Kuscheltiere auf, seziert Frösche und dann auch Hunde und Katzen, als wollte sie ihre Eltern wieder lebendig machen. Das war ihr Ding. Wozu es ihr ausreden?

In der Suite Albert Ier des Mont-Brillant, eines Luxushotels am Ufer der Seine, war der Nachmittag lediglich ein Auftakt. Sie sang vor sich hin und führte Selbstgespräche, Einladung zur Lust, parfümierte und rasierte sich bis zur Nonchalance, verlangte, dass man ein Bad mit Meersalz und Rosenblüten einlaufen liess, dort wartete sie, ohne Körper oder Schatten.

Und dann kommt sie.

»Guten Abend, Liebling.«

Sehr schnell trifft Mund auf Mund.

»Ich habe fast noch nicht angefangen.«

Die Bluse verliert den Verstand. Der Slip gleitet hinab. Und der BH fällt ab. Genau wie das Schamgefühl. Schon sind sie beide nackt.

»Komm, das Wasser ist genau, wie du es magst.«

Der Blick heftet sich an die Haut.

»Ich komme.«

Judith setzt sich auf den Wannenrand, hinter Alana, die Beine über ihren Schultern und das Geschlecht an ihrem Nacken. Sie greift nach dem Schwamm, vollgesogen mit Wasser und Seife, und das Umschlingen verschmilzt mit den Spiralen aus Dampf über dem Wasser. Sie kennen einander so gut, machen Rollenspiele wie am ersten Tag. Die Leiber umklammern einander, erschauern, entrollen, räkeln, verknäulen sich, vor allen Dingen ein Spiel, die Lider werden schwer vor Lust, die Bäuche erbeben, prickeln, schlottern, wie im Todesrausch, sie sind für die Liebe gemacht. In der untergehenden Sonne reiben sie die Klitoris, umspielen die Brustwarze mit der Zunge. Irgendwann lässt eine von beiden, um ins Rätsel des Ursprungs einzudringen, die Lippen noch weiter scheiden und bietet sie der verbleibenden Leidenschaft als glühende Gabe dar.

»Küss mich!«

Jetzt umschlingen die Schenkel den Kopf, drücken sich an die Ohren. Wie eine Muschel, an der man lauscht, das Meer kehrt zurück und reisst den Rest der Welt an sich.

Doch plötzlich macht Alana sich los.

»Warte!«

Wasser rinnt hinab wie ein Streicheln. Sie trocknet sich nicht einmal ab und rennt zum Flügel im kleinen Salon.

Sie lächelt und spielt die ersten Töne eines Impromptus von Chopin. Und die andere bleibt zurück, im Badewasser, mit ihren Beinen auf der einen und der Musik auf der anderen Seite, mit einem Mal allein, in einen kargen Garten katapultiert, und betrachtet sie durch die offenstehende Tür. Sie haben die Jungfräulichkeit als ewigen Neubeginn. Es ist eine Oper, die gegeben wird. Und als die Musik nicht mehr reicht, verlangt Alana nach ihr.

»Komm, wir legen uns hin, ich muss dir was erzählen.«

Und so kommen sie wieder zusammen. So liegen sie, auf dem Bett, eng beieinander, prägen Inbrunst und Verbundenheit in die Laken wie Auferstehung und Frömmigkeit auf dem Schweisstuch der Veronika. Und Alana empfängt einen Kuss auf ihr Geschlecht. Und aus der Mitte entspringt eine Lust. Sie benebeln einander. Atmen nicht mehr. Entweichen weit übers Leben hinaus. Finger verlaufen, versuchen, verschränken sich, Bauch an Bauch, den Geschmack der anderen auf den Lippen, es schmatzt ein bisschen. Sie gehen zurück bis zur dumpfen Lust des eigenen Urgrunds. Und auf die Lust legt sich der Mund. Aber diesmal saugt, leckt, knabbert, lutscht, umschliesst, verschlingt, zieht er. Es ist feucht, süss, nicht von dieser Welt. Sie perlen vor wildem und köstlichem Wasser. Es steigt zu Kopf, schwillt an, sprudelt über, schiesst hoch. Flüstern. Stöhnen. Und die Schreie werden heilig. Aber es ist nicht vorbei. Es gibt noch mehr, Begierde und verbotene Frucht. Sie wechseln die Stellung. Wie eingepasst, Körper an Körper, Genuss an Genuss, und noch immer liebkosen sie einander, mit dem Daumen, den Fingern, den Augen.

»Also, was wolltest du mir sagen?«

Doch noch lodert das Herz.

»Moment … später … komm her … ich will noch ein bisschen …«

Sie geben sich nicht damit zufrieden, das Verlangen notdürftig zusammenzuschustern, wie es die Männer tun, vor Schreien brüllende Münder, unkenntlich vor Röcheln und Zucken. Sie sind nicht jene paar Sekunden des Vergessens, der mechanische Gebrauch des universellen Orgasmus und des ewigen Rein und Raus, kein Besitzenwollen des anderen oder Verlust ihres eigenen Genusses. Sie sind nicht das kurze Getrampel des Miefs von Hass und Macht, sind nicht der Zorn und das Schnaufen der Erektion. Sie sind nicht die Trockenheit der Vorhaut, auf die man spuckt, oder die tiefe Traurigkeit des Körpers nach dem Liebesakt. Sie aalen sich nicht in raubtierhaften Triumphen, geben sich nicht der Grabesstille hin, kommen nicht einfach aus Gewohnheit oder Abwesenheit. Sie erleben die Liebe nicht wie die Schande, die wir uns seit der Erbsünde immer weiterreichen, rufen nicht Hunde noch Wölfe zu Hilfe. Sie sind keine Erdbeben, die ganze Lande verwüsten, keine ausgebeinten Bürgersteige, in denen man herumwühlt, verzerrte Haut und rohes Fleisch, auf der Suche nach barbarischen Genüssen. Sie sind keine Siegeszüge oder Militäraufmärsche. Und auch keine Gebiete, die mit dem Maschinenhammer und vernichtenden Orgasmen erobert werden müssen. Sie sind keine blökenden Schafe, die allein die Aussicht auf Atempause letztendlich zur Schlachtbank führt. Und auch nicht das Blut, die Wunde oder die Niederlage. Sondern ganz im Gegenteil die Erhöhung des Körpers, die Verherrlichung der Raffinesse und der Wollust. Alchimistinnen einer neuen Geographie, Mechanik zum Erbeben, sie wiegen die Hüften und bringen die Erde ins Wanken, halten sich im Stöhnen aufrecht, sehen sich tief in die Augen und berühren einander arglos und absolut. Sie lassen sich tragen wie jene Wildbäche, die nach dem Hochwasser den Schaum der Meere und die Gezeiten der Welt mit sich fortnehmen. Ihr Vorbild ist das Stauwerk und das Erhabene. Sie entdecken einander ständig neu, über die Haut und den Atem, in jenem Augenblick, in dem niemand mehr stirbt, reizen es bis zum Rand der Ekstase aus. Jedes Mal, wenn sie die Welt vergöttlichen, Schwindelsprünge machen, gewinnen sie eine Schlacht gegen die Kraft und die Armut der Welt. Und wenn alles sie überrollt, Taifune sie versprengen, Flutwellen sie erschüttern, kommt die Ewigkeit ein Stück näher.

»Sag es mir jetzt.«

»Als du verheiratet warst, hast du oft zu mir gesagt, wenn er dich schlug, wenn er getrunken hatte, eine Hand bei dir am Schritt, die Scham, die dich dein

Leben lang nicht loslassen wird … dass du eines Tages deinen Mann umbringst. Das hast du doch oft gesagt, oder?«
»Dieses Arschloch! Ja. Und das denke ich immer noch. Warum fängst du jetzt davon an? Willst du meinen Mann umbringen?«
»Vielleicht.«

Da hebt Judith, noch angefüllt mit Feuchte und Schreien, auf Du und Du mit Todesqualen, Rendezvous mit dem Tabu, beständig wankend vor tiefer Lust, feierlicher Schwur und Meineid zugleich, erstaunt den Kopf.

»Erklär mir das!«
»Unter einer Bedingung.«
»Was für eine Bedingung?«
»Dass du es nicht bereust. Dass du es wirklich willst. Dass es nicht nur so dahingesagt ist.«
»Sag mal, meinst du das wirklich ernst?«
»Schon möglich.«
»Soso! Du, Alana Wilson, bist also eine Killerin?«
»Wer weiss?«
»Nun hör aber auf! Und komm lieber wieder her.«
»Du glaubst mir wohl nicht?«
»Und warum solltest du das tun? Weil ich so schön bin?«

Alana starrt auf den Hintern ihrer Geliebten und lächelt.

»Nicht nur.«
»Geht's vielleicht etwas genauer?«
»Es ist kompliziert.«
»Oha! Lauter Rätsel!«
»Ich brauche ihn tot, das ist alles. Eine falsche Fährte legen!«
»Eine falsche Fährte?«
»Zur Ablenkung. Die stellen nie im Leben die Verbindung zu den anderen her! Also, du musst mir vertrauen.«
»Wobei genau? Warte mal, aber du kennst ihn doch überhaupt nicht, oder? Du bist ihm nie begegnet! Sag mal, verschweigst du mir was?«
»Ja, ich verschweige dir was, aber es hat nichts mit deinem Mann zu tun, dem bin ich nie begegnet, da hast du recht. Aber ich werde ihn hoffentlich sehr bald kennenlernen. Und umbringen.«
»Und du willst mir nicht sagen, wieso?«
»Ich will dich schützen.«
»Ich glaub dir sowieso nicht. Und falls das ein Spiel sein soll, um mich anzumachen – du weisst ganz genau, dass deine Lippen mir völlig reichen. Na los, komm her, du kleines Luder.«

Kokett und zufrieden mit ihrer Antwort, rollt sie sich auf den Rücken und bietet ihre Kehle dar, wie Opfer- und Rituallämmer es tun. Doch für Alana fängt das alles gerade erst an.

12

Als ich im Tribunal de Grande Instance am Boulevard du Palais Nummer 4 im blauen Gerichtssaal erscheine, mit Sonntagskleidern und Krawatte angetan, wie es sich gehört, nennt man mich nicht beim Namen, sondern nur: *Da ist er, da ist er!* Man zeigt mit drohendem Finger auf mich. Eine bekreuzigt sich sogar. Ich ächze ein wenig. Kriege kaum Luft, alles drückt. Ich stecke in einem Körper, der nicht mehr mir gehört, wie in der Schwebe jenseits der Zeit, und Erinnerungen, die mich wie Himmelskörper umkreisen. Und ausserdem riecht es nach altem Holz, Schweiss und nassem Hund. Der Geruch ist traurig und erniedrigend, genau wie die Justiz, die mich fortan nie mehr loslassen wird. Das Parkett knarrt. Stühle quietschen. Es rauscht mir in den Ohren.

Mein Sohn hält sich im Hintergrund. Aber er ist da, und ich sehe nur ihn, sein atemberaubendes Lächeln und seine Schönheit, die ihm aus allen Knopflöchern scheint. Vielleicht hat er mich ja verstanden und ein glühendes Verlangen nach Versöhnung und Bekenntnissen. Das ist die Gelegenheit! Wenn ich vor denen rede, werde ich zu ihm sprechen. Und zu mir selbst, und zu meiner Mutter, und zu meiner ganzen Familie, meinen Freunden, meinem Chef, meiner Frau und der ganzen Welt. Moral habe ich, und nicht zu knapp! Und da kommen sie schon, die Geschworenen, nach bestem Wissen und Gewissen, wie es so schön heisst. Ein Mann, vielleicht Arzt oder Jurist, bestimmt ein Aufschneider, graumeliert, verschränkte Arme, ebenso selbstzufrieden wie neureich. Ein anderer, gespitzte Lippen, Falten und Narben, kurzatmig, extrem nervös, schaut sich andauernd um. Ein junger Mann, Pagenschnitt und Dreiteiler, glattrasiert und Sonnenbrille in der Brusttasche, garantiert Pilot, *ich zeig dir die Welt!* Ein anderer, Pickel auf der Nase, ein Eitervulkan, der bald ausbrechen wird, es riecht nach Formalin in seinem vernachlässigten Bart und dem Blick ohne Boden. Und eine Frau, Leberfleck unterm rechten Auge, ständig guckt sie auf die Uhr, lauter verpasste Termine. Und noch eine, Pelz und Perlen um den Hals, verwechselt Luxus mit Leere. Zehn im Ganzen. Na, das ist ja mal ein schöner Haufen! Die Hüter der Moral, die innere Überzeugung steht bereits fest, vielleicht kurzatmig, aber mit durchschlagender Gewissheit, das ist sicher, sie hinterher und ich voran.

Der Generalstaatsanwalt tritt vor. Gleichermassen gross und selbstverliebt, fettiges Haar und fahler Teint. Wie viele schlaflose Nächte, damit ich im Kittchen lande? Nur ein unangenehmer Moment, den ich hinter mich bringen muss, denke ich. Und dann wäre ich dran. Und könnte ihnen sagen, wie sehr ich sie geliebt habe. Und wenn man mir schon nicht verzeiht, wird man mich wenigstens verstehen.

»Meine Damen und Herren, bitte erheben Sie sich.«

Wir erheben uns.

»Sie dürfen sich setzen.«

Wir setzen uns.

In der ersten Reihe ein Dutzend betriebsbereiter Journalisten, die vor der Sensation strammstehen. Man weiss, wie das läuft. Pappmaché, moralisches Geschwafel, Stilübung und Wiederholungen, immer das Gleiche, Erbsen auf einer Schnur, Schreiberlinge, Schmierfinken, es wird wiedergekäut, wiederverwertet, man behilft sich mit dem, was man hat, lauter gute Vorsätze, und wenn's nichts gibt, erfindet man eben was, *nehmen Sie doch von meinem Käseblatt, in der Dose oder abgepackt?* Die machen sich ganz klein, schnüffeln überall herum, pokern mit der menschlichen Natur, Kommavirtuosen, gar nicht scheu, tollwütige Hunde, Sonntagsspitzel, die kommen und gehen, mit dem Schwanz wedeln und auf die Beichte derer warten, die für einen Moment des Ruhms die Hosen runterlassen, den Nachbarn, die Familie, ja, warum nicht die eigene Mutter verkaufen, sie wuseln, schmieden Komplotte, erzählen, und selbst wenn sie versprechen, nichts zu verraten, verraten sie doch etwas, man klagt an, man bekennt, *für die Demokratie, für die Circusspiele!* Die Presse ist eher der Arsch der Welt als am Ohr des Volkes.

Doch nun wird der Ball eröffnet! Bühne frei! Das Hochamt!

»Herr Vorsitzender, meine Damen und Herren Geschworenen, hier ist er nun, der ›grosse Moment‹, heute ist Zahltag. Der Angeklagte Blanchard und sein sogenannter Gerechtigkeitssinn bekommen heute die Quittung, jener Bürger, der heute hier vor uns steht, steht nicht vor uns als Polizeibeamter, Beschützer von Witwen und Waisen, ein Mann, der für das Gute kämpft, o nein, meine Damen und Herren Geschworenen, ein Mensch wird nicht anhand seiner Vergangenheit beurteilt, sondern aufgrund seiner Delikte.«

Natürlich beurteilt man einen Menschen anhand seiner Vergangenheit! Verdammt, das fängt nicht gut an!

»Nicht dass der Angeklagte Blanchard kein Gesetzesvertreter gewesen wäre. Und dass er keine Schurken verhaftet hätte, grosse Fische sogar, das ist bekannt, die Protokolle bescheinigen es. Doch diese Zeiten sind längst vorbei! Sobald man einmal die rote Linie überschritten hat, wenn man auf die andere Seite gewechselt ist, den Tod geschmeckt hat, gibt es kein Zurück mehr. Das weiss ich nur zu gut, ich habe in meiner Laufbahn so einige Beispiele erlebt, eins makabrer als das andere. Übrigens, wenn wir es wirklich mit einem echten, ehrlichen Gesetzesmann zu tun hätten, dann hätte Monsieur Blanchard an Ort und Stelle auf das Eintreffen der Polizei gewartet.«

Was für ein dilettantischer Beweihräucherer!

»Er wird versuchen, Sie davon zu überzeugen, dass er keine Gefahr für andere darstellt. Doch reden wir Tacheles: Wer einmal getötet hat, wird es wieder tun. Das Risiko ist erwiesen. Niemand ist nach einem solchen Akt noch derselbe Mensch. Das ist eine Tatsache.«

Dreist ist er, der grosse Rudergänger der Moral, und nicht zu knapp!

»Überdies handelt es sich um ein besonders grausames Tötungsdelikt: seine Mutter! Seine eigene Mutter! Versetzen Sie sich einmal, meine Damen und Herren Geschworenen, in seine Lage. Sei sie auch krank, leidend, abgezehrt, sei sie auf dem Sterbebett, im Todeskampf, im Delirium, hoffnungslos, nur noch Haut und Knochen, würden Sie so weit gehen, Ihre eigene Mutter zu erwürgen? Würden Sie die Frau töten, die Sie zur Welt gebracht hat, die Ihnen das Leben geschenkt und Sie in liebevoller Fürsorge aufgezogen hat? Würden Sie das tun? Das frage ich Sie. Nein, natürlich nicht. Verstehen Sie mich nicht falsch, Monsieur Blanchard ist kein Mörder, es ist noch viel schlimmer. Und ich muss Sie bitten, mir zu glauben, dass ich nicht übertreibe. Monsieur Blanchard ist der Kern des Verbrechens selbst, die totale Lebensverachtung, er tritt das Menschsein mit Füssen.«

Er wagt es! Der Schmierenkomödiant! Der Besessene! Der Dämon! Der Hinterlistige! Der Hundsfott! Der denkt, er kann sich alles erlauben, weil er die Justiz im Rücken hat. Er schaut mich fest an, direkt in die Augen, bläst mich an, keine Spur verlegen, sich derart in Szene zu setzen. Er tut, als blättere er in seinen Akten, aber der Zauber und die marktschreierischen Lügen flutschen von ganz alleine aus ihm heraus.

Ich erhebe mich. Aber der Richter ist nicht gewillt, mich anzuhören.

»Setzen Sie sich, Monsieur Blanchard, Sie sind noch nicht dran.«

Ich setze mich.

»Er wird sagen, dass sie nur noch Leiden war. Vielleicht wird er Sie sogar davon überzeugen, dass der grösste Liebesbeweis nicht darin bestehe, Leben zu schenken, sondern Leben zu nehmen. Monsieur Blanchard glaubt ganz offensichtlich, er wüsste es besser als die Natur! Monsieur Blanchard hält sich für Gottvater! Ja, und nun? Wenn wir nun anfingen, die zu töten, von denen wir glaubten, sie seien am Ende? Wo kämen wir da hin? Dem Angeklagten Blanchard zu verzeihen, sich mit ihm in seinen Rechtfertigungen zu verlieren, vor seinen Ausreden ins Wanken zu geraten, ihn und sein Schicksal zu bemitleiden, seinen Schuldgefühlen zu erliegen oder seine Tätigkeit bei der Polizei zu berücksichtigen hiesse, dieses Gericht zu beleidigen, hiesse, die Büchse der Pandora zu öffnen, die wir mit der grösstmöglichen Vorsicht handhaben müssen. Ich mache Sie darauf aufmerksam, meine Damen und Herren Geschworenen, befragen Sie Ihr Gewissen und Ihr Urteilsvermögen, stellen Sie sich die richtigen Fragen.«

Draussen brennt die Stadt. Der Himmel äussert sich in verstreuten Farben wie das ausgemalte Bild eines Kindes. Ein Blatt löst sich vom Baum. Und ich mich von meinem Körper. Die Welt steht still. Unten, im gelblichen Nebelfluss meiner Kindheit, führt ein Mann seinen Hund spazieren. Mein Vater an meinem zehnten Geburtstag. Ein Bus fährt vorbei. In einem Park schwingt eine Schaukel mitten in den Himmel. Auf einer Bank hält ein Liebespaar Händchen. Das Leben, wie es kommt und geht.

»Wenn man wenigstens von Sterbehilfe sprechen könnte, das wäre unter Umständen noch zu entschuldigen, man könnte Nachsicht walten lassen, man könnte sagen, Monsieur Blanchard habe den Letzten Willen seiner armen kranken Mutter respektiert. Doch wer weiss, ob sie des Lebens überdrüssig war? Wer kannte ihre Ansichten? Ihre Wünsche? Ihre Gebete? Der Erlösung so nah, wer weiss, ob sie sich da nicht lieber der Herausforderung hätte stellen und ihrem Schicksal mutig entgegentreten wollen? Am Leben bleiben bis zum Schluss, vor Gott treten, frei vom Makel des Selbstmords, ohne Todsünde, ohne Schande? Wer kann es wissen? Wer kann uns das jetzt noch sagen? Das frage ich Sie!«

Sämtliche Tränen seines Körpers stehen nun in den Startlöchern für die Schluchzer, in die er garantiert demnächst ausbrechen wird. Dämme bauen, Stein auf Stein, um dann den Geschworenen den Tanz der wohlmeinenden Empfindungen an den Kopf zu werfen, ihnen zu demonstrieren, bis zu welchem Grad ich nicht mehr würdig bin, dem Menschengeschlecht anzugehören.

»Kommen wir nun zu den Fakten. Ich sage es noch einmal, Monsieur Blanchard hat nichts vorzuweisen, was mildernde Umstände rechtfertigen würde. Zunächst einmal ist er kein mustergültiger Sohn. Es war Jahre her, dass er seine Mutter gesehen hatte, als er, einer spontanen Eingebung folgend, nach einer Befragung bei ihr vorbeischaute.«

Zu lange habe ich sie ignoriert, keine Besuche, von meiner Feigheit im Stich gelassen, und so habe ich meine Mutter nicht an ihrem Todestag getötet. Das erkenne ich an. Doch meine Entschuldigung, und die ist so gut wie jede andere, ist die, gerade weil ich meine Mutter von mir fernhielt, sie bereits als tot betrachtete, war ich vorzüglich auf ihre Abwesenheit und ihre Unsterblichkeit vorbereitet. Doch würden sie das begreifen können?

»Stellen Sie sich die Szene bildlich vor. Dort ist er, in ihrer Wohnung, läuft auf und ab, auf und ab, das Taxi wartet, aber Monsieur Blanchard lässt sich Zeit.«

Er seufzt, tritt von einem Fuss auf den anderen, gestikuliert, die Worte fahren Karussell, er setzt Betonungen mit der Stimme, hebt die Arme gen Himmel, wandert im Mittelgang auf und ab, krempelt die Ärmel hoch, dreht um, nervös, ein Epileptiker auf seiner Krankheit, was für ein Gockel, dreht den Stift in den Händen, wenn er könnte, würde er sich selbst Beifall klatschen, uns seine Diplome und seine Böswilligkeit zeigen, eine echte Tambourmajorin bei der Parade. Elender Wichtigtuer. Der geilt sich an mir auf.

»Ich behaupte nicht, dass es von langer Hand geplant war, aber kaltblütig, das ja. Machen Sie sich das bewusst: Er hat kaltblütig seine Mutter getötet.«

Also was glaubt der denn? Dass ich nicht gezögert habe, dass der Tod von allein kommt, einfach so, ohne Vorwarnung, mit all den Schuldgefühlen, für immer, den Apothekerkästen im Kopf und dem rasenden Chaos bis in alle Ewigkeit? Natürlich bin ich auf und ab gegangen, habe ich das Für und Wider erwogen. Aber tja, man muss halt handeln! Zunächst mal nicht kotzen, dann nicht zittern. Und dann ist es vollbracht, man hat dem Schicksal ein Schnippchen geschlagen, dass Welten erliegen, dass man sich mit Blick zum Himmel die Lust entblösst, dass man seine Hände in Unschuld wäscht. Und das war's dann, liebe Leute!

»Sie war schon tot, werden Sie sagen. Man nennt das einen ›untauglichen Tötungsversuch‹. Ja, und? Und wennschon! Töten, meine Damen und Herren Geschworenen, Töten ist nie untauglich! Selbst bei einer Toten!«

Reden kann er, der Kerl. Und kommt direkt zum Punkt.

»Und da nähern wir uns endlich der Sache. Sehen wir uns einmal ganz genau an, was das Gesetz dazu sagt.«

Na bitte, jetzt holt er sein Strafgesetzbuch hervor. Und liest daraus vor.

»Artikel 121, Absatz 5: ›Ein aktiv handelnder Täter, der auf ein bereits totes, aber noch für lebend gehaltenes Opfer in Tötungsabsicht einsticht, begeht den untauglichen Versuch eines Totschlags.‹ So lautet das Gesetz, meine Damen und Herren Geschworenen. Und gleich im Anschluss: ›Derjenige, der die Tat begeht, ist demjenigen, der die Tat versucht, gleichgestellt.‹ Deutlicher geht es nicht. Monsieur Blanchard wollte seine Mutter töten. Ob diese tot war oder nicht, spielt in den Augen des Gesetzes keine Rolle.«

Das ist der finale Schlag. Ziel ins Herz. Mitten hinein. Mach mich fertig. Schlag zu. Und er setzt sich wieder hin, steht noch mal auf, schaut mich wieder an, reibt sich die Hände, zufrieden wie sonst was. Die Geschworenen, der Gerichtssaal, die ganze Nation steht hinter ihm und möchte sich wie ein Mann erheben, Schwanz und Ohren, *bravo! hurra! Die Menge dreht durch!* Stolz auf den erwiesenen Dienst, die sorgfältig ausgeführte Arbeit.

> »Anhand der Auslegung der bereits erwähnten Elemente ist festzustellen, dass es sich ganz eindeutig um Totschlag handelt. Nicht mehr und nicht weniger. Ohne jeden Zweifel. Keinerlei mildernde Umstände. Punkt. Kaltblütiger Totschlag. An seiner Mutter. Und natürlich überlasse ich es Ihnen, meine Damen und Herren Geschworenen, die Sache zu beurteilen, dennoch kann ich für meinen Teil nicht anders, als eine Freiheitsstrafe von mindestens fünf Jahren dringend anzuraten. Eine mildere Strafe wäre eine Beleidigung für dieses Gericht. Herr Vorsitzender, meine Damen und Herren Geschworenen, ich danke Ihnen.«

Schönes Durcheinander, wenn man mich fragt. Ihn müsste man in der Versenkung verschwinden, im For-l'Évêque* antanzen lassen! Doch das ist nicht der Moment für Reflexionen. Auf geht's, Émile! Zeig ihnen, aus welchem Holz du geschnitzt bist! Auspacken! Erklären! Meine Schlacht! Meine Stunde! Ich rücke meinen Hemdkragen zurecht. Bin bereit für mein Plädoyer.

* Das For-l'Évêque war von 1222 bis 1674 das Gefängnis der Pariser Bischöfe, anschliessend bis 1781 eines von mehreren königlichen Gefängnissen. 1783 wurde es abgerissen. *(Anm. d. Übers.)*

Ich erhebe mich.

»Setzen Sie sich, Monsieur Blanchard. Sie sind gleich dran.«

Ich setze mich.

»Vielen Dank, Herr Generalstaatsanwalt. Monsieur Blanchard, Sie dürfen sich erheben.«

Also wirklich!

»Monsieur Blanchard, da Sie keinen Anwalt haben …« Er macht eine Pause und beugt sich zu mir herunter. »Ist das Ihr letztes Wort?«
»Wie bitte?«
»Ich habe gefragt, ob das Ihr letztes Wort ist.«
»Aber ich habe doch noch gar nichts gesagt.«
»Bezüglich eines amtlich bestellten Strafverteidigers.«
»Ja, das ist mein letztes Wort. Kein Anwalt.«
»Und das werden Sie nicht bereuen?«
»Ich bereue nie etwas.«
»Manchmal, wenn man es nicht gewohnt ist, fehlt einem die nötige Distanz, man glaubt, es laufe gut, aber man lässt sich von seinen Gefühlen mitreissen.«
»So wie der Herr Staatsanwalt gerade eben?«
»Oder wie Sie, als Sie behaupteten, nie etwas zu bereuen … Gut, das Gericht respektiert Ihre Entscheidung. Schwören Sie, dass Sie die Wahrheit sagen, die reine Wahrheit und nichts als die Wahrheit?«

»Selbstverständlich.«
»Sagen Sie: ›Ich schwöre.‹«
»Ich schwöre.«

Die Geschworenen tuscheln miteinander. Sie lächeln. Sie schütteln die Köpfe.

»Sie haben recht, Herr Generalstaatsanwalt. Ein Mann, der getötet hat, ist nie mehr derselbe. Ich habe meine Mutter getötet. Und alles hat sich verändert. Meine Tage sind verflucht, meine Nächte verkümmern, mit fieberheissem Leib, vor stechender Schwärze. Wie gern liesse ich mich ins Vergessen sinken, drehte die Zeit zurück oder wollte, dass man mich bei lebendigem Leibe begrübe oder an den Pranger stellte und mir ins Gesicht spuckte. Mein Herz ist gefangen in bröckelnden Mauern …«
»Moment mal, Monsieur Blanchard, wir sind nicht zum Dichten hier.«
»Verzeihung.«
»Fahren Sie fort.«
»Ich sage es Ihnen, Herr Generalstaatsanwalt, Sie haben recht, nach dem Tod ist man nicht mehr derselbe.«

Ich hole tief Luft.

»Auch wenn Sie, mit Verlaub, ein bisschen übertreiben. Das müssen Sie zugeben.«

Ich schaue ihm zu, wie er mich anschaut. Er sagt nichts. Ich rede weiter.

»Meine Mutter war nur noch Leiden, wie Sie es ausdrückten. Und wenn ich mir auch sicher bin, dass sie die Vorhölle der Erlösung den Launen des Verfalls vorgezogen hätte, haben Sie dennoch auch hier wieder recht, wenn Sie sagen, dass wir ab diesem Zeitpunkt nie mehr ihren Letzten Willen erfahren werden. Nichtsdestotrotz, eine Tote töten, da ist vom Töten an sich nicht mehr viel übrig. Ich bitte Sie um ein wenig Ernsthaftigkeit.«

Der Generalstaatsanwalt legt die Arme auf sein Pult, verschränkt sie und lässt den Kopf darauf sinken. Noch nie habe ich mich so allein und unnütz gefühlt.

»Was die Art und Weise angeht: Gut, sprechen wir darüber! Ich habe sie nicht mit einer Eisenstange erschlagen. Ich habe ihr keine Kugel in den Kopf gejagt. Das zählt doch wohl, oder?«

Plötzlich fallen mir all jene wieder ein, die ich hierher verfrachtet habe, Gesindel und Betrüger, zwielichtige Gestalten und Schieber, und die nunmehr meinesgleichen sind. Vielleicht weil man von da, wo man steht, am besten sieht. Tja, ich verzeihe ihnen! Begnadige sie sogar. Den dicken Freddy, seine Tätowierungen und seine Blüten, die alte Sacha mit ihrer Suppenküche und der »Kokainsauce«, den Banküberfall in Évreux, die

Despond-Bande, ganz schön schwere Jungs! Und wenn das Schwurgericht nur noch aus Versen und Vergebung bestünde? Wenn nun Reue und Bussfertigkeit der Verurteilten als Strafe ausreichten? Und wenn die Schuldigen nur dazu dienten, für alle Welt zu büssen? Nach all den Jahren, in denen es die Justiz gibt, müsste man doch inzwischen wissen, ob sie Morde und Rückfälle verhindert! Das denke ich zumindest.

»Ausserdem sagen Sie, wer einmal töte, werde wieder töten. Auch hier, Herr Staatsanwalt, verlange ich Ernsthaftigkeit. Woher nehmen Sie diese Behauptung? Kommen Sie! Und dann fügen Sie noch hinzu, dass man sich stets an den Tatbestand halten solle. Aber was heisst das eigentlich? Haben wir denn keine Vergangenheit? Kommen wir jede Sekunde neu zur Welt? Meine Dienstjahre sollten nicht, wie Sie ganz richtig sagten, berücksichtigt werden, weil in dieser Zeit ein paar Schufte verhaftet werden konnten, sondern weil diese Jahre im Dienst des Gesetzes und der Gerechtigkeit standen.«

Was ich bei meiner Verteidigung im Alleingang nicht bedacht hatte, ist das Arbeitsverhältnis und die Kameradschaft, die die Justizbeamten miteinander verbindet. Jeder kennt jeden. Ziemlich gut sogar. Richter, Gerichtsdiener, Staatsanwalt, Verteidiger, Gerichtsschreiber ... Jacke wie Robe! Man schaut einander an wie nicht anders zu erwarten, ein Fall mehr, ein Fall weniger … Verdammt noch mal! Eine Sippschaft! Blutsverwandte! Und zwar nach Strich und Faden!

»Und schliesslich sprachen Sie von untauglichem Tötungsversuch. Und der Absicht, die angeblich allein ausschlaggebend sei. Sie müssen entschuldigen, Herr Staatsanwalt, die Sache ist nicht so eindeutig, wie sie scheint. Im Übrigen, Hand aufs Herz, das Gesetz mag streng sein, die Justiz dagegen bietet Spielraum zur Auslegung. Denn was wären Sie sonst, reine Maschinen, Algorithmen, Verfahrensroboter? Justiz bedeutet Menschlichkeit. Da sind wir uns doch einig? Wenn beispielsweise ein Mann eine Spielzeugpistole zieht, sie auf einen anderen Menschen richtet, und der stirbt an Herzversagen, kommt jener Mann dann ins Gefängnis? Selbstverständlich nicht. Man sieht also, dass nicht allein die Absicht ausschlaggebend ist.«

»Mir scheint, Sie schweifen ab, Monsieur Blanchard. Wir sind hier, um ein gerechtes Urteil zu fällen!«

»Gerechtes Urteil? Von welcher Gerechtigkeit sprechen Sie bitte? Der, die Menschen verhungern lässt, der, die an der Börse spekuliert und Länder aussaugt, der, die Böden und Meere verschmutzt, von der Gerechtigkeit der Steuerparadiese, der Kriege und Schlachtfelder, der Schmier- und Bestechungsgelder, der Sonntagsschlepper, der zum Sinken überladenen Boote, der Hoffnungen und Missverständnisse, der des Organhandels, der Waisen oder zum Tode Verurteilten, denen man ein Auge oder eine Niere entnimmt, ich weiss, wovon ich rede!«

»Monsieur Blanchard, ich muss Sie bitten, wir machen nicht der Menschheit den Prozess.«

»Und die Riten und Zeremonien, denken Sie da manchmal dran, zu denen sich auch niemand äussert? Die Mädchen, die zur Prostitution genötigt oder zwangsverheiratet werden. So viele Vergewaltigungen! So viel Schande, die den Menschen ins Gesicht geschleudert wird! Ach ja, und noch was, ich habe noch die Worte der jungen Frau im Ohr, kurz nach der Beschneidung, wir haben sie in Tränen aufgelöst in Barbès aufgelesen. Wissen Sie, was Beschneidung ist, Herr Vorsitzender? Und Sie sprechen von Gerechtigkeit?«

An Tapferkeit fehlte es mir nicht. Doch meiner Sache war sie nicht förderlich. All der Aufwand umsonst.

»Monsieur Blanchard, Sie schweifen ganz eindeutig vom Thema ab, bitte kommen Sie zurück zu Ihrer eigenen Sache.«

»Und jener Vater, der im ultimativen Stadium von Trunkenheit und Gewalt zu seiner Tochter ins Bett schlüpft, eine Hand auf ihrem Mund, die andere an ihrem Geschlecht, und sich mit ihr auf die Wege des Inzests begibt, wovon wir wegen der Entsetzlichkeit und der Scham nie erfahren werden, ist das nicht eine auf ewig ungestrafte wunderhübsche Perversion?«

»Von wem reden Sie denn nur?«

Bald kommt die Nacht mit Bitterkeit und Flüstern.

»Sie begreifen also nicht, dass ich von Moral spreche und dass man Männer wie mich lieber in Ruhe lassen sollte, die einzig aus Liebe handeln?«

Da springt der Staatsanwalt auf, kreidebleich!, nun schlägt's aber achtzehn!, welch widerlicher Gedanke!, und ruft, dass er diese Ausrede erwartet habe und dass ich, falls es diese Liebe wirklich gegeben habe, sie öfter besucht hätte, meine sterbende Mutter. Woher will der das denn bitte wissen? Zum Glück fordert der Richter ihn auf, sich hinzusetzen. Und so komme ich zum Schluss, und Traurigkeit und Empörung der ganzen Welt kommen mit. Auch wenn sich niemand etwas daraus macht.

»Ja! Setzen Sie sich! Rühren Sie sich nicht vom Fleck! Sie alle, wie Sie da sitzen, ewige Statuen, nicht eine Bewegung, mit Ihren auf der Haut aufgeklebten Rüstungen, dass alle Heiligen erbleichen! Ja, was soll's, legen Sie sich gleich hin, kein Laut mehr, glühende Niederlagen, das geifernde Leben, mögen Sie als Beispiel dienen, Menschen ohne Mitgefühl, Handlanger des Grotesken und blökende Schafe, Grabinschriften der Lächerlichkeit, kriechende Katastrophen, blind für das Erhabene, bleiben Sie nur hier, kleine Leute, zusammengekauert im Schatten, Sie und Ihr windiges Schweigen, Komplizen der Abkehr, verpuppen Sie sich in Ihrer Nacht und Ihrem Komfort, und denken Sie auf keinen Fall darüber nach, was Sie an meiner Stelle getan hätten, urteilen Sie! Sie haben recht, so ist es einfacher! Möge Ihnen ewiges Leben beschieden sein! Und verurteilen Sie lieber einen Mann, anstatt einen Sohn freizusprechen! Und ich, ich bleibe traumatisiert zurück, von jetzt an für immer, ein Blitzableiter, ein Sündenbock, wunderbares Opfer, das für die anderen schuldig geworden ist.«

Heutzutage, wo alle sich im Kreis drehen, erbärmlich elend im Alltagstrott, wo man im Alter kaputtgeht, wo man sich am Ende vor der Zeit untreu wird oder sich bis zum Erbrechen vollstopft, Paradies oder Geld als einzige Obsession, je nachdem, ob man eitel ist oder fromm, der Anreiz besserer Tage als einziger Lohn, in dieser Zeit habe ich meine tote Mutter getötet. Das einzig wahrhaft Grosse. Aus Liebe töten! Wie der Schlusspunkt meiner zärtlichen Liebe zu ihr. Ich war dort, wo das Grauen beginnt. Und weil ich alles durcheinandergebracht habe, und zum Dank für die auf mich genommene Bürde, bekomme ich elf Monate Gefängnis. Ohne Bewährung! Sauhaufen von Justiz!

13

Als der Polizeirat aus Nanterre ihn anruft, hat der Präfekt, Monsieur Martial Métan, gerade wegen des Verkaufs einer ehemaligen Gerberei in der Nähe von Vincennes einen Immobilienmakler getroffen. Er ist mit den Gedanken woanders. Das ist sicher. Aber er begreift trotzdem sehr schnell die Dringlichkeit der Lage.

»Es handelt sich um eine delikate Angelegenheit, Herr Präfekt. Also, das glaube ich zumindest. Es war mir wichtig, Sie persönlich davon in Kenntnis zu setzen, ehe ich mit sonst irgendjemandem darüber spreche.«

»Da haben Sie ganz recht. Was ist los, Polizeirat?«

»Gestern Abend haben zwei Biologen aus dem Institut für Psychische Gesundheit und Neurowissenschaften der Universität Paris Nanterre, Professor Jean Samuel und Doktor Livo Koskinen, mir etwas anvertraut, bezüglich Dokumenten, die einer gewissen Alana Wilson gehören. ›Kompromittierendes Material, das keinen Zweifel lässt‹, um es mit ihren eigenen Worten zu sagen.«

»Woran lässt es denn keinen Zweifel?«

»Bei der Verwendung von Organen … Verzeihung, ich muss in meine Notizen sehen … Einen Moment … Ah, hier, bei der Verwendung von Organen, ›deren Wesen und Nutzung darauf schliessen lassen, dass sie sehr wahrscheinlich aus illegalem Handel stammen‹.«

»Aber wie das?«

»Wie ich bereits sagte, aus illegalem Organhandel. Den Rest habe ich, aufgrund des Ausmasses, aufgezeichnet. Ich denke, es ist einfacher, wenn Sie es sich anhören.«

Und so kommt es, dass dem Präfekt etwas vorgetragen wird, was er längst weiss. Welche Ironie! Aber natürlich! Dank seiner Beziehungen zu den Regierungen in Pakistan und China, dank des Schutzes, den er durch seinen Status geniesst, und dank der finanziellen Unterstützung, die ihm zuteilwird, in der Hoffnung auf Rendite nach Beantragung eines saftigen Patents, ist er selbst derjenige, der über einen der zwei noch aktiven Pariser Zweige des Marktes unter dem Decknamen Fabergé und dank eines Kontaktes in einem mafiösen Netzwerk, das normalerweise eher auf Immobilien spezialisiert ist, Frau Doktor Alana Wilson regelmässig Zellgewebe vom Schwarzmarkt zukommen lässt. Eine Niere hier, ein Herz da, eine Lunge, eine Bauchspeicheldrüse, eine Hornhaut, *warum nicht?* Dem, der Liebe mit Hochmut verwechselt, ist alles recht.

Alana Wilson und Monsieur Martial Métan verstehen sich wirklich gut. Das weiss man seit Belfast und den Empfängen beim Botschafter. Obwohl es anfangs viel

Geduld und Überzeugungskraft brauchte, um ihn zu gewinnen.

»Martial, hör zu, ich habe wirklich nicht genug ›Rohstoffe‹, verstehst du?«
»Nein, nicht ganz. Aber erklär es mir doch.«
»Mir fehlt echtes Gewebe, damit ich es mit meinen Forschungsergebnissen vergleichen kann. Wie soll ich sagen … Das ist nicht einfach … Ich brauche menschliche Organe. Und zwar viele. Ein bisschen was von allem. Das Wichtigste ist, dass ich echte Organe mit künstlich verändertem Material vergleichen kann.«
»Aber habt ihr denn da, wo du arbeitest, keine Organe? Wie macht ihr das denn sonst?«
»Doch, aber nicht genug.«
»Und was springt dabei für mich heraus?«
»Ach, weisst du, mit Genetik kannst du im Moment sehr leicht Geld machen. Vielleicht Millionen.«
»Und du kannst dir nicht anders behelfen?«

Sie hatte geglaubt, dass er ihr mit Moral kommen würde. Also kam sie ihm zuvor. Und redete sich ein wenig in Rage.

»Weisst du, wie viele Menschen jedes Jahr in Frankreich sterben? Weisst du das? Mehr als eine halbe Million, das ist nicht grade wenig, was? Und weisst du, wie viele sich zur Organspende bereit erklären? Na? Weisst du's? Keiner! Oder fast keiner! Und dann soll ich auch noch schuld sein?«

»Alana …«

»Jetzt mal im Ernst, was denken sich die Leute eigentlich, dass sie ihre Lunge mit ins Paradies nehmen?«

»Nun mal langsam …«

»Ich muss das machen … für die Wissenschaft! Für zukünftige Patienten! Für bessere Lebensqualität! Zum Wohle aller! Alle wollen immer ein besseres Leben, länger, gesünder, die denken, das kommt von alleine. Aber das hat seinen Preis! Das ist doch wohl normal! Verstehst du jetzt?«

Sie kennt sich damit nämlich aus. Allein in China, wo die Todesstrafen sich nach der Nachfrage des Marktes richten, werden jährlich Tausende Nieren illegal transplantiert, die meisten stammen von Gefängnisinsassen oder sogenannten Regimegegnern. Sie werden vorbereitet, abgehört, der Puls gemessen, Thermometer in den Hintern, Blutprobe, sie werden ausgewählt, *sagen Sie mal A!* Und hopp geht's in den Todestrakt. Die Genfer Konventionen? Scheiss drauf. Zwischen zwei- und zehntausend Hinrichtungen pro Jahr. Verfluchter Dreck! Auf einen mehr oder weniger kommt's doch nicht an! Es lebe die Wissenschaft! Es lebe der König! Und was ist mit den Organen, die man den Kindern in Manila rausschneidet oder billig abkauft? Denen in Tirana, denen man den Strunk absaugt, Knochenmark für die Sauce der Reichen, *legen Sie mir doch eins zur Seite, seien Sie so gut,* ermordet und »in Einzelteilen« nach Italien befördert, in Diplomatenkoffern hoher albanischer Beamter? Und die in Haiti, denen man Augen und Nieren aus dem nach einem Erdbeben offenen Grab klaut? Und jene Algerier, die man tot an der türkischen Grenze gefunden hat, zerstückelt? Und die Armen aus Bogotá, Lima oder Kalkutta? Und die aberhundert Frauen, die man in Mexiko tot aufgefunden hat? Und die Immigration, all die Minderjährigen, denen man, kaum in Europa, etwas abzapft, *Ohren und Schwanz! Es lebe die Corrida! Na los, blas mir nur in die Nasenlöcher, wenn du dich traust!* Und all diese Kriege, die gleich zweimal töten? Schweinerei! Der im Kosovo zum Beispiel, wo Fleischer, wie soll man sie sonst nennen, die Schlachtfelder ablaufen, das Messer in der Hand, ihre Ware besorgen, an den noch warmen Leichen schnüffeln, Unterleibe aufschneiden, den Wanst mit dem Brecheisen aufstemmen, sie aushöhlen wie eine Melone, gen Europa, wo die Organe dann schliesslich auf dem ganzen Kontinent verteilt werden, *möchten Sie etwas von meinen Brötchen?,* in den Privatkliniken, ekelhafte Müllkippen, Gärfabriken, Blutwurst und Brät, *dass ihr mir das gut versteckt!* Einbahnstrassen in den Tod. So ist das immer, je mehr man tötet, desto weniger Fragen stellt man sich.

»Und was wird mich das kosten? Ich meine, wie viel ist ein menschliches Organ auf dem Schwarzmarkt ungefähr wert?«

»Nein, nein, du hast das falsch verstanden. Ich will bloss Zellen. Ein paar, verstehst du? Ein paar. Fast nichts. Dann lege ich eine Kultur an. Das ist alles. Du mit deinen Beziehungen kannst das vielleicht sogar legal abwickeln, und niemand wird je was merken. Niemand!«

»Aber …«

»Du, wenn man zum Beispiel einer Leber ein paar Zellen entnimmt, ändert das nichts am Organ. Merkt gar keiner.«

»Du bedienst dich sozusagen im Vorbeigehen?«

»Merkt gar keiner!«

»Sag mal, wo hast du nur diese Ideen her? Das ist entsetzlich makaber.«

»Hey, du wirst mir ja wohl keine Moralpredigt halten! Du doch nicht!«

Aus Verzweiflung, aber auch weil er immer deutlicher ein Eigeninteresse darin sah, stellte der Präfekt eine letzte Frage.

»Ich habe irgendwo gelesen, wo, weiss ich nicht mehr, dass Organe vom Schwarzmarkt von Viren befallen sein können …«

»Das ist richtig. Aber ich arbeite in der Forschung. Wenn das Organ krank ist, sehe ich das sofort und werfe es in den Müll. Merkt gar keiner, glaub's mir.«

Und so, um Argumente verlegen, von Krämpfen geschüttelt und wie behext, wurde die Ehe von Hyäne und Schakal vollzogen. Und ebenso ersannen alle beide eine weitere Gehässigkeit.

»Mein lieber Polizeirat! Das hält man ja nicht für möglich, was ich da hören muss!«

»Nicht wahr? Das wird wohl hohe Wellen schlagen, deshalb war es mir auch wichtig, Sie persönlich in Kenntnis zu setzen. Vor allen anderen.«

»Da haben Sie gut daran getan. Ich übernehme.«

»Wie meinen Sie das?«

»Ich werde den Innenminister darüber informieren. Aber bleiben Sie indes diskret.«

»Wie bitte?«

»Nichts überstürzen, will ich damit sagen. Wir haben es hier sicherlich mit einer heiklen Angelegenheit zu tun, bei der noch vieles im Dunkeln liegt. Wir sollten nichts übereilen. Verbreiten Sie es vorläufig nicht weiter. Kurzum, wir wollen Fehler vermeiden.«

»Gut. Ich erwarte also Ihre Anweisungen. Ich danke Ihnen, Herr Präfekt.«

»Keine Ursache, Herr Polizeirat. Auf Wiederhören.«

Man könnte nun glauben, dass der Erhalt dieser Nachricht den Präfekten in Panik versetzt hätte. Doch man gewöhnt sich an alles. Seit Jahren verkehrt er mit Notaren der Mafia, um sich auf Kosten von Rentnern oder allzu Leichtgläubigen zu bereichern, Erbschleicherei, Beraubung, Betrug, Zwangsräumung, Immobilien bringen ordentlich was ein, da werden Akten frisiert, der Name eines Erben ersetzt, Vollmachten geändert, das geht bis hin zu Drohungen mit Tod und Entführung. Falsche Titel! Falsche Seele! Das Böse ist überall! Insofern greift er nun seinerseits relativ gelassen, vielleicht auch weil er sich der Gefahr nicht ganz bewusst ist, zum Telefon.

Zu Hause macht Alana sich zum Ausgehen fertig. Bei zugezogenen Vorhängen und gedämpftem Licht, sie kann gerade noch die Unterwäsche aussuchen und sich der Vorstellung fleischlicher Vereinigung und vor Verlangen schwerer Körper hingeben. Sie hofft, heute Abend jemanden aufzugabeln, den sie mit nach Hause nehmen kann. Ein Glas Rotwein an den Lippen, Parfum am Hals, erinnert sie sich an ihre Eltern, die kalten Kriegsnächte in Irland, zwischen Schrecken und Gleichgültigkeit, an ihren Bruder und ihre Studentenzeit. Ihre Lider flattern träge. Sie atmet abgehackt.

»Ich will dich nicht beunruhigen, Alana, aber wir werden etwas unternehmen müssen. Und zwar schnell.«
»Wovon redest du bitte?«
»Jean Samuel und Livo Koskinen, kennst du sie?«
»Ja, natürlich.«
»Nun … die haben dich an die Bullen verpfiffen!«
»Was?«
»Das heisst, vorläufig weiss niemand davon, abgesehen vom Polizeirat in Nanterre.«
»Aber … nein! Diese Mistkerle!«

Alana ist im Bilde und zunächst einmal fuchsteufelswild, beruhigt sich aber schnell. Von Bedrängnis keine Spur. Von Angst auch nicht, beim Gedanken ans Gefängnis. Und so, weil sie nun schon einmal den Tod in Erwägung gezogen haben, wenn man einmal damit anfängt, und mangels einer besseren Lösung, *du hast recht, die müssen weg!,* hecken sie einen Plan aus, der sie weit über die eigenen Grenzen tragen wird. Aber was soll's!

Sie hat nur eine Bedingung.

»Ich kümmere mich drum. Allein.«

Natürlich war er zuerst dagegen gewesen.

»Ich kenne Männer, die das ganz wunderbar erledigen. Es passiert schnell, dass man eine Kleinigkeit übersieht, eine verräterische Spur hinterlässt, weisst du. Ich will absolut kein Risiko eingehen. Und ausserdem, du? Eine Mörderin? Glaubst du wirklich, dass du dazu fähig wärst?«
»Hast du etwa kein Vertrauen zu mir?«
»Mit Vertrauen hat das nicht das Geringste zu tun.«
»Ich erledige das.«
»Und wie willst du das anstellen?«
»Keine Sorge, ich hab mir was überlegt. Und zwar für alle drei!«
»Wie bitte?«
»Du hast mich schon verstanden.«
»Du willst drei Männer umbringen?«
»Korrekt.«
»Professor Samuel und Livo Koskinen. Aber wen denn noch?«
»Michel Bassari. Den kennst du nicht. Um eine falsche Fährte zu legen.«
»Eine falsche Fährte?«

»Und weil ich einer Freundin einen Gefallen tun will.«

»Du bist vollkommen krank, das weisst du hoffentlich.«

»Ich weiss.«

Und so, wie so oft in seinem Leben und ungeachtet der Meinung, die er von sich selbst hatte, lässt er sich, angetan und ausgelaugt von der Kühnheit anderer, vom Gegenwind mitreissen.

»Einverstanden. Ich vertraue dir. Aber ich schicke dir jemanden, der saubermacht. Sie kommen hinterher. Dafür brauchst du Profis, das kann ich dir versichern.«

Kein Indiz, kein Beweis, ein Mord und Ironie als Zugabe, lange rote Locken, das Haar einer anderen, dem Strafregister Unbekannten, um ihr Werk zu vollenden, der Teufel steckt im Detail, im Bewusstsein der Pflichterfüllung, im Genuss eines erfolgreich abgeschlossenen Werkes, frohlockt Alana und denkt wehmütig zurück an gefesselte Hände, das schlaffe Glied, den Geruch des Samens, an die Panik und den Todeskampf. Abends stellt sie sich manchmal vor den Spiegel, hält dem eigenen Blick stand, lässt die Bluse fallen, streichelt ihre Brüste, drückt die Lippen auf die im Spiegel, es beschlägt ein bisschen, beisst sich bis aufs Blut, taucht die Zungenspitze hinein und keucht schwer. Der Tod hat auf sie stets die gleiche Wirkung.

Epilog

Jeden Morgen gehe ich blind über die Strasse. Das ist ein Ritual. Um sich das Leben abzuknöpfen. Nichts mehr zu machen! Selbstmord als Lebenszweck! Schöner Betrug! Andere schauen zu tief ins Glas, lassen sich volllaufen oder betrügen ihre Frau, bei mir ist es eben die Strasse, sie ist meine Jury, mein Schicksal und bald meine letzte Verbeugung. Trübe Aussichten, ich weiss. So geht das schon drei Jahre, das macht viele Morgen.

Die Gefängnisstrafe habe ich abgesessen! Scheissdreck. Erwürgen Sie mir das. Nur keine falsche Scheu. Narben auf meinen Schlachten! Unseliger Zustand! Umfassend unausstehliche Schurken! Mit den quietschenden Türen, den durchbohrten Adern, den schiefen Löchern und geraden Gängen. Infamer Infekt. Da kommt der Wärter, *ein bisschen Bewegung?* Ich erwidere *leck mich,* was geht dich das an, renn doch heim zu deiner Mutter, wenn's dir nicht passt, die sucht dich vielleicht, die suchen immer, die Mütter. Draussen brennt die Stadt. Ein Blatt löst sich vom Baum. Und ich mich von meinem Körper. Die Welt steht still. Unten, im gelblichen Nebelfluss meiner Kindheit, führt ein Mann seinen Hund spazieren. Mein Vater an meinem zehnten Geburtstag.

Herbei, Hungersnot und Küchenschaben! Metzen! Unglücksraben! Drinnen ist es voller Menschen, Stümper wie ich, Parasiten, die herumrennen und Kauderwelsch labern, nicht wütend, überhaupt nicht, einfach nur am Rand der Dinge. Manchen hängt der Kopf im Zuber, anderen im Nacken, das ganze Buffet voll mit Medikamenten in allen Formen, sogar gestreifte. Ein Unfall ist schnell passiert, extreme Not, das kann einen Menschen töten, ziemlich schnell sogar, man weiss es nicht, das weiss man nie, da ist Vorsicht geboten.

Jetzt regnet es. Leichter Sprühregen. Das macht keinen Lärm. Das macht gar nichts. Rinnt mir munter den Rücken hinunter, Gänsehaut, bis der Morgen graut, die Zähne klappern, womöglich brüt ich eine Bronchitis aus, anfällig, wie ich bin. Über die Strasse gehe ich auch morgen wieder, das steht fest. Weit hinter dem Nichts ruht meine Mutter. Töten, wie der Schlusspunkt meiner zärtlichen Liebe zu ihr. Sie des Lebens entheben. Ich habe nie verstanden, warum manche so überängstlich sind und das Schicksal beschwören, indem sie die Finger kreuzen, sich an der Nase kratzen oder zweimal schnäuzen, auf Holz klopfen, über die Schulter spucken, Hals- und Beinbruch wünschen oder nie linksherum rühren, eilig Sankt Anton anrufen oder auch die heilige Rita, ist man schon mal dabei, aller guten Dinge sind drei, bis hundert zählen, bis tausend, mit dem rechten Fuss zuerst aufstehen oder Schwarz vermeiden, immerzu an denselben Ort fahren, persönliche Pilgerreisen, ureigenes Compostela, als würde das irgendetwas ändern, als verschwänden so die Schattenseiten. Von wegen! Leichtgläubige! Verlorene! Heidengebete! Und ich, ich blieb dort sitzen, am Rand der Dinge, die Hände im Schoss, Gewitterdüfte durchs offene Fenster, knöpfte mit verzerrten Worten den Himmel auf, schaufelte bereits mein Grab, unter Tränen und auch mit Freude. Wiederholung ist stets nur ein Sarg, der viel zu früh vorspricht. Das sage ich euch.

Dabei bin ich wie sie, ich gehe über die Strasse, weil ich muss, dann ist endlich ein für allemal Schluss. Auf ewig Ruhe vor den Jammertagen. Zu viele Leute bevölkern meinen Geist. Wird schon. Eines Tages vielleicht. Ohne Mucken, ein Fuss im Loch, und das war's. Dort wird dann alles enden. Zermalmt. Auf der Zielgeraden. Und meine Gedärme werden ihnen in die Fresse spritzen. Eingeweide auf der Windschutzscheibe, das ist glitschig, eklig, geschieht ihnen recht, hab nie behauptet, das Leben sei lustig. Und dann werden sie kommen, und sie werden sagen, ich hatte ein schönes Leben, gute Manieren, unter Schleimern gedenkt sich's gut, und ich wäre hinter den Dingen, und damit Schluss. Reise in die Unendlichkeit. Unwahrscheinliche Landschaften. Vorher hatte ich meine Mutter, das war bequem. Sie hatte grosse Pläne für mich. Harrte meiner, wochenlang, sandte Exvotos zum Himmel. Doch sie ist nicht mehr.

Abends gehe ich nach Hause. Alles verschwimmt, Schatten und Licht. Sitze am Schreibtisch und denke mit aufgestützten Ellenbogen über all das nach, ich drücke mir den Hals zu, da werden Kreise und Sterne gewoben, es breitet sich aus, es kommt, geht, prickelt, wie Ringe im Wasser, ganz blau, namenlose Formen, es tut nicht weh, am Ende ist es sogar ganz angenehm. Ich halte mein Herz in der Hand und schwitze. Und dann läutet es Sturm, die Sirene springt an, klar zum Gefecht, Fiepen im Ohr und Konsorten. Der Schrei der Stille. Ich würde gern die Zeit zurückdrehen. Aber ich kann nicht. Ich werde nie meiner Schmerzen enthoben. Wozu auch?

Jetzt bin ich alt. Das Spiel ist gemacht, nichts geht mehr. Ich schrumpfe ganz und gar. Brachliegende Stigmata, Gedächtnis wie ein Sieb, Arme wie Spaghetti, jämmerlich zitternd, die Beisserchen im Glas, die Hosen nass. Revolution, manche haben's versucht, tja, ohne mich. Bald bin ich dran. Ich mag keinen Beton. Als ich klein war, konnte man in der Seine baden, Obst vom Baum essen, das war schön. Heute ist es damit Essig, aus und vorbei, keine Chance. Im dritten wohnt eine Frau. Eine zänkische Alte. Ich spiele ihr Streiche. Im Waschkeller herrscht König Humbug, das vertreibt die Zeit. Ihre Schuhe stellt sie vor die Tür. Sie findet sie auf sämtlichen Etagen wieder. *Aus dem Leim,* erzählt sie mir. Manchmal rufe ich sie mitten in der Nacht an, nur der Stimme wegen. Und lege auf. Wir sind alle irgendwann dran.

Ich erinnere mich an ein Taxi. Da hat alles angefangen. Dort platzieren sich die Reichen, reuetechnisch. Sitzen auf dem Rand der Welt und kringeln sich, schauen auf all das herab. Das läuft recht linear, der Arsch auf der richtigen Höhe. Von erdrückender Scham auch keine Spur. Daran erkennt man sie sogar. Man hatte mir gesagt, es sei einfach, keine Sorge, die sind in Ordnung, gut, vielleicht nicht die Armen, mit denen ist immer irgendwas, stets zum Klauen aufgelegt, aber die Reichen, keinerlei Sorgen, ordentlich zugeknöpft und ohne Vorstrafen, da kann dir nichts passieren. Die müssen den Arsch vollkriegen mit Klagen. Identitätsbetrug und Konsorten. Ihre Scheine, ihre Kasinos, ihre Champs-Élysées … Ans Regiment! Ans Hospiz! Ein guter Anfang für den Kommunismus. Die Achtzehnkaräter auf dem Grund des Swimmingpools, die Schlösser in Marrakesch, die Sausen des Prinzen in der Kasbah und die Partys in Anzug und Krawatte, die machen uns dann nichts mehr aus, die wären uns egal. Was Raffinesse angeht, sind wir quitt. Madame Bassari, ihr rosa Fleisch und der mit Diamanten gefasste Ring. Und dann Alana, mit ihren Phiolen und Pocken, ihren Überzeugungen und dem schiefen Lächeln. *Es lebe die Wissenschaft! Es lebe der König!* Und dann der Staatsanwalt! Der Besessene! Der Dämon! Er mit seiner Justiz im Rücken. Da haben sie mich schön übern Löffel balbiert! Der Galgen, der elektrische Stuhl, mit dem Rücken zur Wand, ein schöner Verurteilter, fix und fertig für die Hinrichtung, der Strang und der Graben, aus tausend zermalmten Körpern, tolle Mechanik, eine faule Sache, das habe ich genau gespürt. *Kaltgestellt! Abgehalftert!* Immer noch besser als das Irrenhaus. Krank fickt gut, vor allem in den Arsch. Muss man wissen. Alles andere ist bloss Gelaber. Und dann meine Mutter, in Ruinen und Hässlichkeit zerfallen. Darauf war ich nicht vorbereitet gewesen. Das Altenheim, eine Sterbeanstalt unter freiem Himmel. Sabber im Mundwinkel, gefaltete Hände und postumes Verlangen. Sie in ihrem Elend verrecken lassen, glauben Sie, das wäre besser gewesen? Ich habe nicht mehr Seele noch Atem. Es gibt keine Schuldigen. Nur Leichtgläubige. Da kann man nichts machen. Meine Lippen werden schon bald von der Erde kosten. Bereit, sich mit den heissen Tränen der Verblichenen zu vereinen. Gelee in der Zigarrenkiste. Alles ganz schlaff. In meinem Mund keine Reue. Mein Gift ist mein Lebenselixier. Ich kann mich nicht beschweren.

Wahrlich, wahrlich, ich sage euch, das war die ganze Geschichte.

Dank

Ich bedanke mich ganz herzlich bei allen aus nah und fern, die diesen Roman möglich gemacht haben.

Für die technischen Details:
Anne Bochatay, Polizeibeamtin; Albertine Bourget, Journalistin; Alessandro Brenci, Doktor der Rechtswissenschaft; Laurence Clivaz, Staatsanwältin; Nicolas Defabiani, Doktor der Medizin; Céline Gillioz, Biologin; Nicolas Jacquier, Doktor der Molekularbiologie; Johanne-Aude Nicaud-Bruderer, Psychologin, Kriminologin; Bettina Schrag, Doktor der Rechtsmedizin.

Für das Korrekturlesen des Manuskripts:
Stéphanie Berg; Thomas Dayer; Isabelle Exhenry Cuany; Adélaïde Gehnan; Nicole Krähenbühl; Jacques Aloïs Morard; Béatrice Riand; Sabrina Vidal.

Ebenso danke ich dem gesamten Team der Éditions Héloïse d'Ormesson für die Professionalität, das Vertrauen und ihre Liebe zu den Autoren.

Nicolas Verdan
Die Coachin
Roman
Aus dem Französischen von Hilde Fieguth
188 Seiten, Softcover
ISBN 978 3 85787 498 7

»Nicolas Verdan klagt in seinem zynischen Wirtschaftsthriller die Gewalt des Neoliberalismus an. Was, wenn ein Mensch einfach ›wegrationalisiert‹ wird?«
Martin Schöne, 3sat

Lenos Polar – spannend, tiefgründig, kritisch

Colin Niel
Nur die Tiere
Roman
Aus dem Französischen von Anne Thomas
286 Seiten, Paperback
LP 227
ISBN 978 3 85787 827 5

»Colin Niels brillanter Roman, eine Geschichte der grotesken Zufälle und unumstösslichen Notwendigkeiten in den abgelegenen Berghöhen des französischen Zentralmassivs, nimmt so überraschende und turbulente Wendungen, dass jede Nacherzählung das Lesevergnügen ruinieren würde.«
Günther Grosser, Heilbronner Stimme

Colin Niel
Unter Raubtieren
Roman
Aus dem Französischen von Anne Thomas
403 Seiten, Softcover
ISBN 978 3 03925 013 4

»Der Evolutionsbiologe und Ökologe, der selbst einen Nationalpark geleitet hat, packt die ganze Komplexität des weiten Themenkreises – von Tierschutz und Jagd in Frankreich und in Afrika bis zu den Auswirkungen des Klimawandels – in seinen spannenden Ökothriller. So lernen wir auch die Sicht afrikanischer Hirten kennen, deren Tiere von Raubtieren gerissen werden, weil diese wegen der zunehmenden Dürre kaum noch Wild finden.«
Hanspeter Eggenberger, Tages-Anzeiger

Lenos Polar – spannend, tiefgründig, kritisch

Éric Plamondon
Taqawan
Roman
Aus dem Französischen von Anne Thomas
208 Seiten, Paperback
LP 223
ISBN 978 3 85787 823 7

»Plamondon erzählt mit seinem ebenso action- wie kenntnisreichen Roman von der vielschichtigen historischen Entrechtung und der neuerlichen Selbstbehauptung von Kanadas Ureinwohnern.«
Cornelius Wüllenkemper, Deutschlandfunk

Joseph Incardona
Asphaltdschungel
Roman
Aus dem Französischen von Lydia Dimitrow
339 Seiten, Softcover
ISBN 978 3 85787 494 9

»Ein ausserordentlicher Kriminalroman. (…) Joseph Incardona bringt, was sehr selten gelingt, einen vollständig fremden, neuen Ton in die Kriminalliteratur. (…) Wie er den Wettlauf zwischen Polizei, zerstörtem Vater (›ein Raubtier‹) und dem sowohl mörderischen als auch traumatisierten Pascal beschreibt, sucht seinesgleichen.«
Tobias Gohlis, Die Zeit